在自然这边

哨兵 —— 著

GUANGXI NORMAL UNIVERSITY PRESS
广西师范大学出版社
·桂林·

在自然这边
ZAI ZIRAN ZHEBIAN

图书在版编目（CIP）数据

在自然这边 / 哨兵著. --桂林：广西师范大学出版社，2021.12
 ISBN 978-7-5598-4348-7

Ⅰ．①在… Ⅱ．①哨… Ⅲ．①诗集－中国－当代 Ⅳ．①I227

中国版本图书馆 CIP 数据核字（2021）第 212091 号

广西师范大学出版社出版发行

（广西桂林市五里店路 9 号　邮政编码：541004）
（网址：http://www.bbtpress.com）

出版人：黄轩庄
全国新华书店经销
湛江南华印务有限公司印刷
（广东省湛江市霞山区绿塘路 61 号　邮政编码：524002）
开本：880 mm × 1 230 mm　1/32
印张：7.75　　　字数：170 千
2021 年 12 月第 1 版　　2021 年 12 月第 1 次印刷
印数：0 001~5 000 册　定价：49.80 元
如发现印装质量问题，影响阅读，请与出版社发行部门联系调换。

自序

这些年,我一直在洪湖游走,出门五湖四海,关窗孤岛远村,书柜里总藏有鸟鸣、渔村、漂泊、水渍和隐忍。这使得《在自然这边》这本诗歌集似乎不是由我在书写,它的作者可能是某湿地工作者,可能是某乡村水文记录员、某地方环保志愿者、某动植物专家学者或某鸟类爱好者。内容可能是县志、村史和洪湖传说与民歌散失的那一部分,落在纸上却变成为我的态度、立场或想法,夸张点说,是我的诗歌理想、所谓的美学趣味和追求等。从洪湖出走,回到诗的地理,是我恪守的写作信条之一,地域性也好,符号化也罢,顾不上了。拜师山水,向自然学习,只要能写,把世界都装进东经113度与北纬30度交会点附近的这片湖里就够了。

而找到"自然",与"天人合一"与"道法自然"的传统有关。但在《诗经》《楚辞》的传统里,"自然"不过是人物活动的背景,是"比兴"的材料和写作的方法论，离魏晋时代中国人自然观的建立，隔着近七百年的时空。或许，穷途哭返的阮籍，是在审美范畴里建立自然观的第一人，再经陶潜、王维和孟浩然等几位大师的努力，自然观才在汉语诗里得以确立。这算是掉书袋吧，却也是历史。以至于后来读《中国现代小说史》，见夏志清在二十世纪六十年代对中国诗人的担忧是"可是中国旧诗的传统中，能够对新诗人有所帮助的地方就不多了"，我总有气短心虚之感。公元二十一世纪的我，从"东篱下""水穷处""不觉晓"里，能寻到什么帮助和自然呢？

写这篇小序前，我刚从湖上归来，开着一艘由雅马哈汽艇改装的运鱼船，在云水间飞奔。水雾弥漫，县城的摩天大楼在视线尽头，海市蜃楼般，似远山飘忽；荷花接天，在风中摇曳，而高速汽艇掀起的波澜，也能让荷花战栗不止；黑鹳挤在湖面，丝毫不理会马达的轰鸣，远远地盯着我，也盯着这艘雅马哈，如观怪兽；红嘴鸥却一路尾随，但与渔舟唱晚和浪漫主义无关，仅仅出自生存的便利，在螺旋桨掀起的逝浪里，捡食被金属叶片搅碎的鱼虾……

在洪湖，我遭遇的自然，早已经不是陶渊明的自然，不是王维的自然，也不是孟浩然的自然了。

也许，像理解远山一样，理解摩天大楼；如认同风与荷一般，认同这艘雅马哈高速汽艇；或者，以鸟类的眼光打量自我和自然，才有可能重新叙事和抒情。

是为序。

哨兵

2021 年 6 月 21 日

目 录

第一辑 谈谈鸟儿

自然课 / 003

谈谈鸟儿 / 013

观鸟屋随记 / 015

向莲花及斑嘴鸭和护鸟人借宿 / 016

与红嘴鸥和家禽论现代主义 / 018

青头鸭 / 020

鹅 / 021

灰鹤 / 022

在湿地保护区 / 024

第二辑 深渊

在阳柴岛 / 029

开车在八卦洲遇牛 / 030

渔村 / 032

座船 / 034

洪湖之夜 / 035

露天电影 / 036

群星说 / 037

悲哀 / 038

过洪狮村夜闻丧鼓 / 039

听护鸟员张圣元聊水鬼 / 040

有关洪湖的野生动物及其他 / 042

天堂歌 / 043

湖边休闲庄 / 044

古桑 / 046

傍晚 / 048

渔船史 / 049

冬夜 / 050

藕 / 051

雨 / 053

雪 / 055

深渊 / 057

风 / 059

霜 / 062

命运 / 064

第三辑　洪湖螃蟹的生活史

滨湖码头雨夜坐饮莲心茶 / 067

关于藕的记事 / 068

挖藕 / 070

白头鹤 / 072

甲鱼 / 073

洪湖螃蟹的生活史 / 075

鳝鱼 / 077

莲 / 079

红脚鹬 / 082

紫水鸡 / 083

遇白枕鹤求偶，想到放弃 / 084

从东方白鹳谈起 / 085

蓑羽鹤 / 086

补网记 / 087

汽艇诵 / 088

超级月亮之夜，在湖边遛狗 / 089

月亮诗 / 090

日落前过蒋庄村，闻鸭倌呼唤 / 091

霜降诗 / 092

去途诗 / 093

故乡诗 /095

打鱼诗 /097

霾——PM2.5 之诗 /098

咳嗽 /099

赶在春节上班前,雨雾中从渔村访友归来所闻 /100

第四辑　清水堡

多年后在湖上再次驾船 /105

落日诗 /107

绕口令:莲 /108

洪湖东岸,中秋在官墩码头 /109

论赌 /111

原谅诗 /113

岸:渔民病历 /114

我一直在无人区 /115

清水堡 /116

又上清水堡庙 /117

写于清水堡庙被改造为度假村之时 /118

黎明 /121

第五辑　摇摇晃晃

摇摇晃晃 / 125

旧病 / 126

悖论 / 127

在洪湖湿地核心区，见看船狗抓鱼 / 128

鱼虾绞肉机 / 130

狗 / 131

鸟 / 132

大鸟 / 134

五行：以天干的方式看鸟 / 135

逃避诗歌朗诵会，上茶坛岛听鸟 / 140

在小垸村听鸟 / 141

水雉 / 144

寻 / 145

愧 / 147

猪 / 149

岛 / 150

田野调查 / 152

为一只受伤的白额雁而作 / 154

第六辑　乡关论

天鹅颂 / 159

乡关论 / 160

自查报告 / 162

观浪 / 163

中秋在洪湖入江口赏月兼观打鱼 / 164

分洪区 / 165

看船 / 166

寻人启事 / 168

铁牛 / 169

钓 / 171

拒绝人类 / 172

幻灭 / 173

秋日札记 / 174

岳阳楼记 / 189

在汨罗龙舟厂，见河的第四条岸 / 190

过平江杜甫墓 / 191

过巩义杜甫故里，雾霾中遇梅 / 192

过石壕村 / 194

暴雨里过李时珍墓，遇洪水不入 / 195

第七辑　樱花，樱花

过乾坤湾遥望黄河 / 199

在白塔山顶眺望黄河 / 200

迷路 / 201

在积庆里 / 202

樱花，樱花 / 205

在青岛路，向奥登致敬 / 206

关于天目山伐木的说明 / 208

过季子祠衣冠冢，遇雨 / 209

在徐霞客故居，与老工人聊天 / 211

过长江村钢管厂，口占 / 212

二十五号螺纹钢 / 213

在二陆读书台 / 215

在黄姚 / 216

过青田石雕博物馆 / 218

这花坡 / 219

暴雨中过蕲春昭化寺，寻吴承恩遗迹不遇 / 220

过白莲河水库随手帖 / 222

过斗方山禅寺随手帖 / 223

在闻一多纪念馆，过清泉寺遗址随手帖 / 224

岔路 / 226

内环线 /228

外环线 /230

二环线 /231

第一辑

谈谈鸟儿

自然课

一

我父亲,七十八岁。中学校长退休
网购我的诗集,读两页就在行间
朱批,简直在糟蹋汉语。这是象征。
我儿子,理工博士在读,见我又央求
帮忙把手稿敲进电脑,昨天
送我最新款 iPad,恳请我
嗨哥们儿,别太在意传统,世界
由现代技术支撑,不是诗
这也是象征。而我写作
从未满足这两代人,我仅取悦
自己,并给未来立下遗嘱

二

我以诗探寻洪湖,并在泥水里
插栽语词,如植莲
种藕。暮春。凌晨一点
步入夜间荷塘边

最深的寂静，虫鸣

模仿人世的喧嚣，却把寂静

加重一分。要是天亮

你会惊诧几朵荷挂不住朝露

却早早地开了，如奇迹

其实大可不必。我在水边

半辈子，也没悟透

莲的一生，不懂寂静

如何让空气和虚无熟成莲花。世界

未知，小荷却露尖尖角，现实

早已破湖而出

三

待在孤岛真好。晚上不下雨

滩再浅，也能揽月藏星。抬眼打量

世界，洪湖在黑暗中早已重建

星空。总有归人踩着双脚船在星际间

漫游，无须半个时辰就能穿越银河

浩瀚和未知，却不过是日常尔尔

而白天一只鸭子被黄鼠狼咬断单腿

獐鸡躲在屋后芦苇，却彻夜啼鸣

如悲，似泣，又像安慰。至天微亮

我都捧着那两道伤口,它小小的眼中
满是镇定,却带着疑问。好奇
我生在湖中,为什么不长羽毛和翅翼

四

又一晚,月亮
漂在湖上,却照看屋后的稻田
荷塘和变暗的世界。夏夜的渔村
睡在莲花丛,却无人入梦
黎明前一直都这样,隔壁的牛
啃着我家门前的夜草,总忍不住
偷食秧苗。谁在今天糟蹋
现实,就有谁在明天失去将来

五

与雾相伴,这些日子,我倍感虚无
虚无最深时,我乐于
和洪湖入江口
探讨雾。但没有语词
可以打断流水,流水不是喧嚣
就是寂静。所以在人类里

我沉默,仿佛写诗
犯有原罪,值得我耗尽一场雾
宽恕诗。雾浓时
会有孤舟拴上岸,那是母亲
赶在天黑前送来一罐藕汤。与雾相伴
虚无是我的来历和粮食

六

我了解世界的焦虑,在鸭子
青鲫和水獭与芦苇中,我了解
我终生浪迹其间的奢望,这种
祈求,已在心头淤积
成另一座洪湖。我了解鱼禽
和动植物的方言,在人类的对立面
如何叙说人。而湖水从西向东
兀自寻找长江和大海,却把夕阳
送出东半球。天黑前,扁嘴鸭
聚在芦苇丛嘀嘀咕咕,散布流言
当晚餐。此地矛盾重重
又言不由衷

七

今天雾大,看不见洪湖
也看不清楚自己。但我发誓这就是世界
雾整日不散。此地,不宜养老
做归属,只适合当过客
听鸟,闻世外动静
并忏悔,昨晚又忘了祝福那一行离雁
旅途顺利。此刻,出自同样困境。现实
如雾,早已在湖面泼洒丹青。但山水
易容,须重新认知。岸边
楼群隐没,似远山
又如怪物。视线之外
我已无力表达,语言尽头才是诗

八

今日春光明媚。湖
莲
白云
风,还有檐下燕子
衔泥筑巢的呢喃。命运
美

漫游

归宿,此地是清水堡
湖中孤岛。此地以绿做基调
描绘乡村音乐会的底色,鸟鸣
是主唱。而门外
一艘高速雅马哈汽艇
一路轰鸣,从天外飞来
又飞出天外。如在民谣里
强塞重金属打击乐。此地啊
一直在再造自我
并在自然里添加新元素
而站在洪湖这边
风打湖面
与雅马哈掀起的狂澜
都能让莲妖娆
战栗。今日春光明媚
我已理解那艘汽艇,如理解
风。所有高速的事物都是风的变种
自然的传承。

九

起风了,天边卷起巨浪

一个中国诗人远在北宋年间
就已命名千堆雪。而我在二十一世纪
在船上,只能再次命名为
白胡子浪。老天哪
浪已老,可我年过半百
却还假扮年轻,凌驾风浪和
自然之上。浪涌接天时,红脚鹬
歇上浪尖,在捡小鳊鱼作晚餐
紫鹭鸶潜入湖底,失掉自我
才能换来奇迹。在洪湖。世界
早已暗中安排好一切,连我
老之将至,也一直在寻找白鳍豚
中华鲟,和消失的水妖

十

候鸟大,留鸟小。但天鹅
只栖身湖面,从不挤占蒿草林
欺负秧鸡。现在它们却亮开嗓子
与一群家鹅,为何处是故乡
吵进天黑。有一对情侣
扑闪翅膀,在变暗的水面
抻开稿纸,供我修改白天写坏的诗

工作室忍着第一场雪,等候融冰
和世界的溃败。站在围堰上
我注意到一只幼獾与一头野猪仔
在雪地里嬉戏至掌灯。我的狗
一直趴在门后,因孤独
寒冷,已暗生嫉妒。洪湖
总是这样荒谬。连我耗费这个冬
也没能疏通入江口,把大海引进来

十一

偶尔神汉会拜访我的工作室
穿戴庄严坐在门前
几位文学爱好者论诗的石凳子上
他从不预约。他来不来
死亡也是洪湖的节日。所以这几天
一片欢腾。我家的老母鸡
藏身屋后芦荡,刚孵出三只野鸭
就化身伟大的母亲,犹如神助
而我觉得那个男人喜欢坐在那里
无非是湖神现身,已爱上那个女诗人
和美,并笃信我写诗
遇见过神

十二

此刻我躺在岸边阳光下
透过黄丝草端详那一只白鹳
为大自然操心。这种珍禽
几近绝迹,叫声凄厉
痴情,已求偶不得。但鸟鸣
是一只鸟说不出的苦,不因爱
也不为回应听众。就像我
早已是深渊,装着另一座洪湖
从没把这片方圆百里的水域
安在心里。所以没有谁比我对辽阔
浩渺和上善若水更执迷不悟。但此刻
风平浪静,没有谁在乎
这种坚守,更没有谁
在岸边阳光下看见,我的两肋
早已长出黄丝草,变作白鹳
绝世的同伙,不再做人

十三

写一行,死一回。再写
才会重生。诗

总是这样折磨我,站在
自然那一边,在菰草
潜鸭和水云深处
在我的对立面,野生
语词。我却在人这一边寻找
句子和声音,与诗
远隔一阵鸟鸣,从没接近
更无力抵达。多年来我已认识
每只鸟儿。我一直等着那只关雎
在洪湖,喊出我的名字

谈谈鸟儿

你清楚这一生我伤害过多少鸟儿吗？
在洪湖。你知道我对天空
心怀歉疚吗？你听得懂鸟儿在谈论
哪些重大问题吗？关于幸存
美和孤独。按东港子的乡规村约
也许你能发现我的忏悔。网捕天鹅
可判我三十年，毒猎东方白鹳
足够让我变成鸟儿的殉葬品。而在菰蒿
芦荡里搬弄排铳，与中华秋沙鸭
关雎和白鹭为敌，或许你可以发现
我该认领一千五百年刑期，重建
洪湖的自然主义。但在这片远离人类
二十公里的水域。也许
你能理解我的悖论，尝尽
整座天空的翅膀和鸟鸣，为什么
我还苟活于世，沉默如草木
因为我是人，肉身沉，骨头更重
在这场愈刮愈紧的湖风中，你该知晓
就算撕裂自己，我也没办法成为
鸟儿，让语词

变轻,让现代汉语诗
变轻。而鸟儿总能轻如鸿毛
落上那块高过荷叶林的警示牌
年年信任我。现在,你要明白鸟儿
为何飞抵洪湖。我愿再次
复述,鸟儿只谈论美
孤独和爱。除了这些重大问题
鸟儿到来,鸟儿离去
从不清算我的罪

观鸟屋随记

零下十摄氏度。北风七级
雪雾。洪湖湿地保护区,天气
坏得不能再坏。湖面上
偶尔划过的救助船,在冰碴
和泥淖里挣扎,一路都忙于
自救。悲伤
如失偶的鸳鸟。谁也看不出世界
有好起来的迹象。直到天鹅
重回枯芦荡,秋沙鸭和须浮鸥
又飞入残荷林,成为洪湖的隐士
糟糕的气象里,唯草木
庇护候鸟,可谁都不是珍禽
谁能全身而退呢。屋外
野莲比人类豁达,烂进冻泥
也挂着无人采摘的硕果。而白头鹤
远远地躲开鸟群,双翅紧收
双目微眯。到天黑
也没有谁知道它在恐惧什么

向莲花及斑嘴鸭和护鸟人借宿

鸟儿让我哀恸。那只斑嘴鸭拖拽断翅
天黑时,又不知藏到哪里去了
躺在莲花底下时,护鸟人
绕着野荷荡,一直都在呼唤
那只鸟儿。这种声音
贴着洪湖传过来,听起来
却来自世外,是虚无
在寻找虚无,空寂在寻找
空寂。躺在莲花底下后
每到护鸟人叫一下,斑嘴鸭
应一声,莲花就会落一瓣
天黑后。斑嘴鸭已不是斑嘴鸭
是被伤害,莲花也不是莲花
是凋败。而莲花
落进这艘鸟类救助船
却在我的脚边战栗,如悲
如欣。但我管不了莲花
悲欣交集,是因护鸟人在呼唤
还是因斑嘴鸭在回应。这种呼应
却蛊惑我,躺在莲花底下

喊了起来,听起来
是在呼唤莲花。每到我叫一下
莲花也会落一瓣。但我发声
一半是在复述斑嘴鸭,如何对洪湖
表达这些:疼痛
幸存。一半是想唤回护鸟人
谈谈莲花为什么落瓣,斑嘴鸭
为什么断翅。湖上飘荡月余
除了遇上草木,就是凋败
除了鸟儿,就是被伤害。天黑前
我就忘了这些:语言
人类。护鸟人也忘了这个世界
绕着野荷荡,边呼唤
那一只斑嘴鸭,边在洪湖
喊魂。任莲花败至天明

与红嘴鸥和家禽论现代主义

入冬后,红嘴鸥尾随货运快艇
整日逐浪,从不把渔船和慢

放在眼里。站在岸上我发现红嘴鸥
早已抛弃传统,只信奉现代主义

这种信念震撼了家禽。鸭子和鹅
也从渔村扑腾出来,边忽闪翅膀欢呼

洪湖,边哄抢被螺旋桨刀片
绞碎的鱼儿,当粮食

越冬。现代主义者
什么都没有糟蹋,除了我

站在人类这边
白白浪费了洪湖

要是我能混迹鸟儿那边,放浪
形骸,我就能带那种碎片化的生活

回家，烧一碟鱼刺

尝到现代主义的鲜和美

青头鸭

电信发射塔尖上蹲着一只
青头鸭,不避世
也不入世,看雪落洪湖
五十三万公顷的宁静,却在岸边
把这一尊铁塔,堆砌成
隐士的归宿。但洪湖是面镜
气象再坏,也能泄露
天机,出卖
那只青头鸭,在犬吠
和猫头鹰的呼号间
无言以对。雪下了一整晚
发射塔尖的工作指示灯
彻夜闪烁。站在洪湖的立场
望去,那只鸟儿
蹲在塔尖半梦半醒
就是站在自然的最高处
倾听人类的悲欣。雪停后
青头鸭身披冰挂,背负
双重伤悲。一重属于鸟类
另一重,属于人

鹅

那只鹅趁着月色
又溜出小港村养殖场
蹲在柴林外边,曲项向洪湖
却不歌唱。是月亮
震撼了那只鹅。在水中月
和明月的双重辉照下
在大自然的双重美学里
哑口无言。但当夜风
揉皱湖面,月亮
玉碎,消逝。那只鹅
就会头埋翼下,心怀
愧疚。在洪湖
那只鹅,总觉得自己是
多余的物种,惊扰了
这个世界,所以那只鹅趁着月色
又溜出小港村养殖场,出走
群体生活。至天微明
蹲在柴林外边,曲项向洪湖
那只鹅,比夜风更有耐心
守着月亮再次降世

灰鹤

自云梦古泽消失后,每个黄昏
都是最后的时辰。蹲在门口替灰鹤
疗伤时,除了这只鸟儿知晓
洪湖是大自然的幸存,我也认同
世界不过是悲剧。直到门前野荷塘
挤进来过夜的潜鸭,欣喜如
晚归的渔船。而夕阳又从云端上
下来,坐在湖底教育众鸟
如何爱上黑夜和寂静。但屋后芦荡
却一直在喧嚣,声音低沉
绝望,像溺水者不甘沉沦和灭顶
忙于呼号和自救。但我知道
那是鲩鱼,趁着天光
在抢食水草。我认得芡实
懂茌芝,因多刺和纤维
自云梦古泽消失前,免于
葬身鱼腹。天黑后
边洗完这只断腿,边与灰鹤
交谈:一个人可不可以凭尖锐和
柔韧,在洪湖

保全自身？但灰鹤
鼓动翅膀躲避我，漠视
人类的疑问。月亮出来后
它双目怒睁，双喙翕动，一直都在
呵斥，洪湖是乌有乡
故乡非救赎地

在湿地保护区

天黑前我就看见省城来的教授一直都在
指点那几只天鹅,却望着一拨学生
说个不休,像发现了真理
又像把武汉大学搬进了洪湖
五个年轻人站在雪雾里
围着一架望远镜,边跺脚
边在笔记本上为那几只天鹅编号
重新命名。风大得几乎要把洪湖
吹成地狱,风早已撕烂那两三册
教科书,我也不在乎那点生物学知识
早在人们进湖前,我已修完洪湖的
自然主义。在这片野蒿林里
我认得那几个天外来客,是去年
来过的哨天鹅,却不知道怎么
少了两只。在洪湖
我要寻的,只是这个世界
缺损的,一架望远镜
不可能发现。也是在天鹅
栖身的那块湿地吧,在人们
称为天堂的水域,七十年前

有几大间水牢，关押过半个连的
战士，和这拨学生差不多
年轻。离世时全都没有留下
姓名。天黑后我就撇开那架望远镜和
知识分子，独自摇桨巡视孤岛
期待碰见某个无名英雄，而不是
天鹅或候鸟，彻夜长谈
坐穿洪湖的可能性

第二辑

深渊

在阳柴岛

我熟悉这渔村,如熟悉洪湖的孤苦
不幸。蜈蚣草、青蒿、芡实和莲
掩埋二百一十七户渔民,阳柴岛
看起来像是野坟。四面环水
我借别人的船,早已在此
栖居。多年前我就承认
我儿子在县城学籍栏里
对我的描述:父亲
无业游魂。多年后我更愿孙子们
拿我当水鬼,而我的后来者
会把我看成什么:天鹅
朱鹮或洪湖的珍禽?荒诞的命名之后
阳柴岛依旧十年九不收,收获绝望
寂静,我得到的回报是
现代汉语诗。正如风打渔村
送来洪湖湿漉漉的空气
虚无,也是

开车在八卦洲遇牛

开车去洪湖,与牛,在八卦洲
迎头相遇,等于自取其辱。土路
两面临水,我没办法让这一辆小车
避开一群牛,在洪湖
进退自如。而牛
堵在路中心,竖起犄角
边反刍,边拉开架势
要和我拼命。如同乡绅
发怒,横起龙头拐杖
守在村口。而我不知道
该如何去安慰乡绅,所以
我不清楚该怎样去对付一群牛
在八卦洲。与牛
对峙,打双闪
转向灯,摁电喇叭,耍
现代交通招数,甚至
猛踩油门,让发动机颤抖
让这一辆小车,像困兽
低吼……每一回
我都是失败的。我只是奇怪

八卦洲养鱼,无田可种
无地可耕,养牛
干什么呢?一群牛
怎么可以分担洪湖的奔波
愁苦?就像我总是怀疑自己
开车去洪湖,我的心里
莫非也住着一位乡绅,养有
一群无用的怪物

渔村

该有一座渔村,残败
凋敝,空无一人,却留有
容身地,在废墟上
安享晚年。我会拜椿木船为师
不管风浪多大,都能掌握
忍受颠簸和痛苦的窍门。我还会学
拴缆桩,无论谁扔下绞绳
也能安如磐石。我将向洪湖保护局
申请,拆走风力发电机
别左边摇几圈右边晃几下,转得人
不知所措。一个人待在这个地方
我已不需要那些光和电。天气
糟糕,凭湖面
返照,我就能辨明自己的路和
余生。气象好起来
我也不会循着那些便道
出湖。在渔村。我只关心日月
走势,至于读过的
见过的、网上的,与世界难题
爱恨,我都已经忘记。在这个丢失

手机信号的村子,我只能从时代
走失。在渔村
可找到我的,一是
植物,二是
飞禽。有时是
枯苇,又是
离雁。我只活于鸟语
不待在人言

座船

上去后才发现是一家安徽人,五十五年前
因为几条红鲤鱼,祖辈让本地人拿渔叉
鸟铳逼进湖底,从此就丢了籍贯
姓氏。像野鹭
天风,在洪湖扑腾
我坐在舱尾,忍着荷梗燃起的炊烟
闻到了呛人的气味。这是深秋
芦荻已在洪湖白头,一只水蜘蛛
拽着线绳,从苇叶上吊下来
在座船与苇丛间的缝隙,缝完了
最后一针。夕光中
安徽人也补好渔网上那几口
破洞。而关于洪湖与外省渔民的空白
我不知道该从哪里谈起。要是我也能忍受
这些:漂泊、孤独……我肯定选择
不做人,做座船
或洪湖的隐士,被世界遗忘
却已安命立身

洪湖之夜

鸟类救治船锚在湿地保护站
在这片阔达万亩的无人区,守湖人
整晚都想着多年前离世的妻子
洪湖之夜。除了风,就是潜水鸭
鸳鸯还有其他鸟儿的求偶声

露天电影

那些晚上除了躺在妈妈怀里
我只爱守着银幕背面
看露天电影。妈妈
对不起。从童年时代开始
我就躲在人的对立面,看人间
悲喜。有时我会藏在天上
挨着乌鸦窝坐在树杈间,或者
钻进洪湖,与莲花
芦苇和黄丝藻挤在一边。妈妈
对不起。生而为人
我只有鸟类眼光和草木之心
看英雄背面只有我和
人,恶棍之后
也没有更恶的。妈妈
对不起。那些晚上
我只爱守着银幕背面,如同
守夜,但我仅仅守着人类
在那个世界散场,却无能为力

群星说

群星璀璨。夜风掠过湖面
把潜水鸟藏在芡实叶上的梦呓
送入芦苇林。波纹
碎裂处,群星挤进水底
集体抖颤。在洪湖
群星说不清楚害怕什么

悲哀

没有一条河流能在洪湖境内
保全自己——

东荆河全长一百四十公里,横贯江汉平原,却在
洪湖县界处走失,归于长江
内荆河全长三百四十八公里,串联众多小湖,也在
洪湖县界处走失,归于长江
而夏水是先楚流亡路,深广皆为想象,早已随云梦
古泽走失,归于长江
而其他河汊,不能与长江
并论

而长江全长万里,穿越十亿国度,但在地球某角
走失,仿佛众归宿

唯洪湖能保全自己
如我命

过洪狮村夜闻丧鼓

悲伤无言以表。有没有谁和我一样
在洪狮村忍受整夜的丧鼓,天亮前
还围着洪湖花鼓戏,为村庄
守灵。这样你就能和我一样
听见汉语敲锣打鼓,在黑夜里喊魂

听护鸟员张圣元聊水鬼

要是你能一辈子忍受洪湖。夜半
撑这艘巡逻船,在蒿草

芦苇与芡实间,吓退偷猎者
放下鸟铳

屠刀,逃回村庄
重新做人。你就不是人

是水鬼,懂这个世界的风吹
草动,非杀机重重

即女人在哭。我老婆死了半个甲子
大白天,也能钻进荷花塘

和着求偶的潜水鸭,或
乘白鹭的翅浪,恨我枉为人夫

愧做人父,一直把她扔在
洪湖,不能帮儿子筹齐

婚房的首付。只身打桨
水破处,我总能听见我老婆

在哭——偷猎者啊,请遂了
张圣元的心愿吧,请朝护鸟员

打一黑枪,好让他从洪湖湿地局弄到
抚恤金,了却水鬼的愁苦

有关洪湖的野生动物及其他

可以想象。眺望一百八十七种禽类的飞翔
需要多么深邃的目光。你甚至无法区分
掠过湖面的秋沙鸭和一朵白云相比
哪一个更轻盈?留居大水的鸟
占所有飞禽的百分之十九。多数鸟群
忙于同一件事:春去冬来或冬去春来
迄今为止,红脚鹬和小天鹅
还没找到家居。留居鸟的代表
是獐鸡,毛色与野蒿一致
习惯在大水里老死终生。野蒿又名
菰,碰见洪湖人就可以喊:菰,孤寂

必须清楚白鳍豚不属鱼禽类
是兽。水中的老虎,离群
索居,几近绝迹。像遥远的神

天堂歌

那首民歌
可疑

如果野鸭
莲藕和稻谷能拼凑成天堂

海拔十五米以下。那一代代死去的渔民
吃了那么多鸟翅和湖风,为什么没有变成天使

只能埋进荒坡,与子孙
甲鱼和底栖动物们住在一起

在洪湖,我一直耻于搬弄天堂
糟蹋自己和地狱

湖边休闲庄

洪湖边有些地方我从不光顾
休闲庄只是渔村的赝品
把湿地、野坟,甚至小学
全都比照大酒店的样式,改造成了
县城。而那些仿红木的水泥门柱上
大多会挂满青头麻野鸭或鹌鹑
做幌子,如一颗颗示众的人头
垂在风中,让我不舒服。就在那块
烫金的招牌下,七十六年前
中秋日,也是在大清早
吊死过半个排的赤卫队员……
论辈,我该喊曾祖父
母。坐在这家刚刚开张的休闲庄门外
我一边记下那群年轻人
赴死的情形,一边希望那些水鸟
能被快点放下来。身旁的土路
又有一车不知名的野禽
被拖了进去。但没有
哀鸣的,更没有一只

扑腾。眼睛
湖蓝色,神情
和先辈们一样从容

古桑

几位老人告诉我,这棵歪脖子的古桑

比那位九十八岁的大爷

还要老。抗战那年

树洞里,朝湖的方位

常年都安有暗哨。但现在

只是七八只鸡仔与小狗的玩耍地

坐在夕阳笼罩的湖滩上

我在采访本上记下

日本飞机

七十年前的

呼啸

俯冲

犹如记下洪湖

遭受的种种

悲苦

不幸

晚风吹过湖面

古桑前的那片蒿林

怎么看都像埋伏着无数豺狼和行动

诡秘的敌人。多年来
老人们全都活在这错觉中
令我伤心

傍晚

一只青头鸭静静浮在湖面上
等着什么
听到有风拂过芦苇荡
拧过颈项却朝我望了一眼
就嘎地叫了两声
在傍晚消失

那一双蓝翅膀要去哪里
那一阵叫声在呼唤谁

看来青头鸭在这个星球往返
一生都处在不确定中。但在洪湖
可以肯定，我不是这只鸟
在傍晚等待的人。我是惊悚

渔船史

从麻布帆船到乌篷和三匹马力的挂机
再到大吨位水泥船
汽艇和豪华客轮。在洪湖
讨生活,就得洗檀木桨
螺旋叶片和椿木舷,大卸
渔船,除锈
去污。像一个人在洪湖
把自己拆开
洗骨

冬夜

有一年冬天,我从锅底湾摸黑赶回
三十里外的县城。躺进木船
我总觉得那个把我灌趴了的船工
每划一桨,都像是送我
走在离家的水路上。我只看了一眼湖上
风雪,就倦了。天气糟糕
洪湖已坏得让我懒得去关心
当我醒来,那条木船却还被拴在
锅底湾,上半夜的饮者
蜷身在舱,仿佛猜到我
早就烦了县城。真是沮丧——
两个男人偎在一起,像一双公鸶
彼此暖着,却无法爱对方

藕

我弯腰,取出与我等长的藕
淤泥裹着。但藕
从不抱怨命运,每年归来
一身洁白。多年前也发生过一次

我出生,但藕
早已自磨成粉,酿出我的第一口奶水

无论我的哭声多么嘹亮,也无法阻止
那些洁白的身心,在洪湖
碎为齑尘。或许是一根藕丝
连着我的毛细血管,让我感到藕断处
世界的疼。或许是那一节脐带
我母亲的,我的,埋进淤泥
变作了养料,但不管是哪一种
藕已成为口粮,深扎洪湖
撑起了我的世界。从那之后
洁白就是我的底色,在我心里

年年植藕,享受淤泥的生活
不反抗,但绝不苟同

雨

金湾村形如一把老渔梭扎在洪湖,常年
多雨。几个二流子总想把那片芦苇滩
开发成旅游区,还想将这台废灯塔
改造为地标建筑,用广告漆命名
好望角。我惊叹第五代渔民
对洪湖的想象。但我告诉他们
最好用纯黑漆,表达对雨的怀念
哀思和所有无以言表的沉痛
在朝湖的那面土墙上,喷绘这行
汉字:少女的百慕大。这是雨
的历史,不是地理学。五十年前
这把老渔梭,也曾被一场雨
在冬天,淋湿。八个女孩结伴
逛了一趟二十公里外的县城
回村,就随着那场冬雨
在这片芦苇滩,投湖
走失。第二年春雨
也没能揪着返青的苇叶
爬进村……也许,是发自
对金湾村的绝望,或者对县城的爱

还有对洪湖的信任吧。但那场雨
藏着我对世界的怀疑。有关
雨,我不知道洪湖是喜欢春天的
还是冬天的。但我恨
雨,让金湾村失去了八位妻子
母亲和祖母。但雨
不遂我愿,年年都落在洪湖
也落在金湾村,像一代一代的
渔民。而当我替他们在这把老渔梭上
忙活,开着游艇奔进这场
雨,我总觉得那打湿我眼帘的
不是天外来物,是人和
命运,迎面朝我扑来
却被洪湖吞没

雪

每年平安夜我都要下湖去寻天鹅
就当是访亲。这一夜。在城里
我早就烦透了人提前狂欢,只想
进湿地去看鸟,顺带打听点天外事
也许真有天意吧。十二月二十四日
中午,凑巧我还赶上了一场雪。岁末
又至。我满以为今昔和往昔一样
又没有谁愿意来我这里。几个故交
不是跑到国外,就是待在大都市
都没有空来洪湖。除了这场雪
想起来真让人难受。就在这道
离城最近的入湖口,连北风
似乎也在有意为难我,风吹洪湖
却吹来芦排和腐草,以及一些
叫不出名的烂东西,堵住了水路
而当我转道三十公里外的风口,雪
就小了起来。我的难受不知怎么
却重了几分。这使得我在船头行走
简直扶不稳自己。但我知道
并不是因为这场愈刮愈紧的北风

而是因为越下越小的雪,还有
伤心。我只好蜷在舱里,一边望着
蒿丛找寻去年的那家天鹅,一边
把这场风雪想成友人。但我只
看见了獐鸡、麻鸭……我要寻的
天鹅,似乎是虚无。天快黑的时候
我就开始安慰自己。天鹅
来不来有什么关系呢?白鹳
来自贝加尔湖,鹈鹕飞越过澳洲
……每一只鸟儿,都来自世界
却不沾染泥尘。高贵、超然
闲适,多像那些友人

深渊

地理书上这样描述洪湖：千湖之省
最大的湖，中国第七大淡水湖，因长江
冲积而成。所以，可以这样看待
那几个坐在夜雨中的人：他们
有深渊，收集雨水和长江
无法带走的厄运。
在这座不知名的小渔村
六七个老渔民
正拢袖缩头
仿佛水鬼
围着一盏十五瓦灯泡
你盯着我的黑影，我瞅着
你的脚尖，低眉顺目
聊子孙和鱼蟹长势，间或
也聊到睡在坟地里的婆姨
聊过气的爱情，打发
风吹雨打的光阴。
在这里
语言比风雨迟缓
有力，穿透人间悲喜

早已抵达湖中万物
与语言本身。
尽管雨大得像是要冲垮那道围堤
但没有人想迁往村外的高地。
他们似乎适应了大水里的生活
像鱼,埋在深渊里

风

唯有风够格论说洪湖。所有谈及
蓝丝草、紫鸭、黑鱼、诗歌的
请给我统统闭嘴——你们属于人
理解不了人。比如在清水堡
在安徽渔村,移民们在水葫芦上
搭起畜栏,却从没有养大过猪
这个词。在洪湖,词即厄运
不是被风打散,就是患上孤独症
在风中惊吓至死。没有
一种事物可以阻挡风,所以
每一阵风都是所打之词的哀歌
或悼词。关于风,我与朋友
在离岸二十公里的湖上,谈过
这种事物。但依他们看来
风不是移民,更不是虚无
风仅仅是空气。钻入河南座船
又转进山东水寨并游遍所有
外乡人的村子,我总算明白了
这样论说风,洪湖将变得
意趣盎然。包括流浪与返乡

忧伤与幸福、爱和恨、欲
和女人。包括我,这样的土著
也会成为移民。昨晚我曾与
某个女人待在洪湖,听风和她的
喘息。像很多年前我搂紧妈妈
站在供销社的糖果柜前制造语词
哄瞒大人,试图得到这个世界的甜
蜜。那种欣喜和渴求,来自想象
却没逾越过舌头和童年的身体。她
一直也在欺骗母亲。风吹洪湖
她的身体是水莲,在水面颤晃
二十年来她母亲却唤她另一个词
荷花。这命名的荒诞,不仅仅
与她有关,更是你们的。人类的
"别管它"。她说。因为过完
这场风,她就会嫁到江西
不属于洪湖。因为下一场风
正等在身后,将吹走另一个女人
我想,她肯定知道那些移民该如何
回去。不凭婚姻和爱,靠肉体
语词中最柔软的一部分。在洪湖
风像归途,却如噩梦。我记得昨夜
她做过的梦,双手抓向空中

似乎想揪住那阵风。整晚
她都在向风哀求：风
风……别把我吹出洪湖

霜

昨夜霜打清水堡细如粉笔灰
透过舱,我望见薄雾
还有虚无,抹白了浮萍
船帮和洪湖。就像
值日生,擦除黑板上的语词
公式、对世界的定义以及那些
貌似真理的东西后,撒下
痕印。在洪湖以西一张三脚
楝树桌旁边,我似乎又坐回了
启蒙学堂,听五六个老人
如私塾先生,口授世事
人生和对洪湖的看法
我不知道那轮冷月
待在湖水里,为什么要从舱缝
挤进来,旁听我们在秋天深处的
谈话。起身续水不小心踩响
矮床边的那道月光时,突然间
我想起了李白。我发现世界
并没有什么变化,床前
明月光,怎么看都是一场

霜。也许是出于得意吧
或者想驱赶洪湖的沉闷与
孤单。重新坐回黑地之前
望着湖上的亮光，不知怎么
我却想起了儿子。那小子
在北方会遇上麻烦的。前天
他发来电子信件，说并不需要我
寄去的那条毛裤。那狗日的
幻想用年轻，去对付这个世界的
冷——随便！王同学——
我说……老人们离舱时，忍不住
我又望了一眼湖上的亮光，还有
霜。没有风，我却哆嗦了两下
第一次是为儿子，第二次为
洪湖。和我一起已熬至中年
却还停在懵懂期，吃着我吃剩的
粉笔灰，领受可笑的教化

命运

只有木船知道我想要去哪里。从挖沟子
到茶坛岛,然后,到张坊村,再往前
就是世界的尽头。在洪湖,我每天都走着
不同的水路,经过许多相同的芦荡
蒿丛。这众鸟的子宫
孕育野禽,也孕育
外省渔民。在洪湖
语言相隔七省十八个县的距离,仿佛
鸟鸣。在洪湖,写诗比庸医
更可耻。无论我
多么热爱,也不可能
把那些未名的渔村,书写成
县人民医院,更不可能
把那个临盆的难产儿,书写成
顺利降生

第三辑

洪湖螃蟹的生活史

滨湖码头雨夜坐饮莲心茶

整个晚上我都坐在码头上,沉迷
莲的隐秘。那些芽尖

一直在杯中浮沉,照见
我在洪湖与异乡间穿行——饮者啊

别再醉心这水里的人生了,欢愉
只是湖边隐士般的雨雾

关于藕的记事

每年夏天舒水发送我出湖总要西去
螺山村。木船应该掉头往东
下伍家窑,那儿有挖藕妇
踩下的一条便道,直通
城东农贸市场。但我乐意舒水发
玩这一手迷路的把戏,在水上
耍弄我。洪湖西去
有浅滩,有荒僻连着
渔村二十公里,有野荷
接天,在水穷处
出没。总让我觉得自己是古人
王维,只和大唐有关,与小县城
毫无瓜葛。但莲花还有荷梗
却要牵扯我。等到船陷浅滩舒水发
就会开始叫骂。有时是指责水草
缠住了桨,间或也会埋怨挖藕妇
横断了水路。让这个艄公
骂吧。八年前他老婆也曾是
那些女人中的一个,却不知怎么让
藕贩子拐去了广东。但这里是

阳柴村，湖中最大的岛
我看见舒水发家的茅屋，败得
像伤心地。想到我听说过的：
比如爱恨，也包括承担
受难和羞耻，以及一个人怎么能
光靠愤懑去面对孤独和洪湖？我央求
那个老鳏夫，只管赶我们的水路
别迁怒于烂在泥水里的，更别去招惹
女人们。在我看来，女人们下湖
挖藕，简直就像天使从另一个世界
取回自己。我惊叹她们的胳膊
大腿和腰身，与藕节
完全一致。透过荷荡上变形的光线
望过去，我甚至怀疑女娲
捏造人类，应不是依据神话
而是比照洪湖的藕。而在一场
语言的暴力美学中，在湖上
女人们总有办法打败我们
对藕的非分之念。最险的一次
舒水发差点变成老藕，被踩进洪湖

挖藕

荒滩上有一伙人在挖藕
远远望去,像是在给自己掘墓

连小孩和娘们儿,也精通洪湖的
遁世术。剔枯梗
刨坑,戽水。把自己埋进湖里
天黑时,那些泥脑袋
就会从湖底拱出来,如荷花
断头,却能接骨
自救成藕

天再暗一点,湿地保护局和博物馆
也同意。那几个还在抡锹的汉子
貌似野鬼,肯定会变成洪湖的掘墓人
掀翻湖底,找到那座沉水的古楚郡
要知道古钱的价值,远大于
淤泥里的葬词:藕

在古楚的最低处

在洪湖。每一锹土都是在培坟

每一个词都是白骨

白头鹤

白头鹤蜷在界碑上像一个问号,胸脯黢黑
间杂几针白羽,仿佛赶赴乡村葬礼

而在洪湖与监利和仙桃三县交叉处
在我生活的边界,白头鹤

偶尔叫两下却收紧双翅,让我心疑
莫非白头鹤也遭遇我的困境,今晚

该怎么样越过洪湖,才能寻到
安身地。天黑后

白头鹤越叫越疾,看起来像是
丧偶。而就在这道浅滩

鸟鸣已成为我的道路
我不需要谁来指引

靠近白头鹤,我就能听到
整座天空的悲苦

甲鱼

午后,趁我在书桌边走神
甲鱼从洪湖归来,躲进紫云英

紫色的下午,她背负铠甲
逃匿,母仪万方

我注意到她循着自己的路线找归宿
缩头,安身枯叶,考虑产一窝蛋

为洪湖哺养子孙,呈给
人类的筵席。想到鳖

脚鱼,更有不堪的名声仿佛
诗人,她就挖好土坑埋了自己

与天地合一:洪湖的兽
精通掘墓,比我面对汉语

更专业。但没有谁是甲鱼
谁也不知甲鱼乐。亦如没有人是我

怎么懂我悲欣。我想学她
爱这个世界，却从这个世界

消失，从不在乎落得如此下场
是被红烧，还是清蒸

洪湖螃蟹的生活史

惊蛰过后,三成左右的螃蟹
会死于蜕壳。从童年开始蜕变
长江水系的河蟹,更像
一个优秀诗人,具备
自生自灭的勇气。而少年时代
发于清明。我在湖边挖坟
埋祖母,螃蟹忙着打洞
做亲人的邻居。所以这些年
我一直都在向螃蟹学习
独居,寡言
写诗,试图打听到先知下落
对于洪湖螃蟹的生活史
我还知道它的青壮期始于
端午,如先楚
决绝,如我辞去公职
自切钳螯,以求
在泥沙俱下的日子
保全自己。重阳风吹老湖水
也吹来暮年。洪湖螃蟹
只自啄腹中蟹黄为食

和那些靠回忆度日的老人一样

下雪之前,洪湖螃蟹

会选一块荒坡,独自离世

鳝鱼

在长途贩运的农用大卡上,在夜市
烧烤架边,鳝鱼盘算着

如何从白铁桶或塑料盆里逃生
溜进江滩公园,重返出生地

离开洪湖前,鳝鱼
昼伏夜出,像诗人

一生都忙着改变自己
前半辈子是雌性,后半辈子

称雄,却大隐于野
穴居蓝丝草或水葫芦

自吐鱼沫,属母爱
父爱,属语词

在洪湖方言里
口述地方志

作为逆性生长的冷血物种,世代
与自身的谜题缠斗,为续写家谱

却顺应季节,思量着赶在冬眠前
产下一群女儿。那时,捕捞船

彻夜翻耕雪地,农用大卡摁动电喇叭
挤在出湖的村路上呵斥。为躲避

人间欢宴,鳝鱼
从梦中醒来,再次濡湿

洪湖,钻入更深的泥里
如隐士保存个人史

莲

所有的莲都源自淤泥,像我
来自洪湖。这不是隐喻

是出生地。所有的莲
来到这个世界,都得在荷叶中挺住

练习孤立。像我在洪湖
总把人当作莲的变种。而有些莲

却像人类学习爱,自授花粉
成为并蒂。这不是隐喻

是人性,但就算这个世界充满爱
让我认莲为亲,随三月的雨

在浮萍和凤眼蓝底下寻根
沉湖,沉得比洪湖还低

我也会辜负淤泥,整个夏天
开不出花来,如诗

叛离汉语。这不是隐喻
是人生。而所有的莲

都在秋日里成熟着,坐化为
绿色的果,肉身

成道,成全美
和形容词。这不是隐喻

是虚无。而所有的莲
赶在雪落洪湖前,都将离开

淤泥,如浪子
忤逆故土,步入衰老和死亡

在水产品交易行,所有的莲
论两出售,裹着莲心

小小的苦楚,便宜得等同白送

愧于分出高贵与贫贱。这不是隐喻

是现实。所有的莲
只愿烂在洪湖，化作淤泥

红脚鹬

我曾与一只被网猎的红脚鹬长久对视
那时我六岁,斜躺在
父亲怀里,与那只水鸟
处在相同的生长期。我记得
红脚鹬,羽毛
纯白,尖嘴
深黑,瞳仁
湖蓝色,闪动芦苇的影子
大人们蹲在网外,小声争吵
怎么样烹了这一只水鸟。红脚鹬
却撑开翅膀,撞向
那张网。我知道
红脚鹬想干什么,水鸟
只愿飞回洪湖。就像我在童年
只崇拜父亲

紫水鸡

雪落时紫水鸡围着冬眠的泥鳅
蝇蛹,在枯荷中

纠缠了一个下午
不在乎七彩翎和羽翼

雪落时紫水鸡就真的变成
二流诗人,在洪湖

扎堆,为汉语之外的东西
吵出一地鸡毛

遇白枕鹤求偶,想到放弃

日落前,我发现那只公鹤在芦苇丛中
弄出了大动静。叫声
如多年前赤卫队攻打县城
吹响了牛角号。没打动
母鹤,却摧毁了我
对诗的看法。日落后
白枕鹤还在洪湖表达自己的爱
我放弃抒情

从东方白鹳谈起

湿地观测船边,两只东方白鹳
在那块结冰的浅滩与本地花田鸡

斗了一个下午。来自欧洲大陆的鸟儿
横太平洋,越喜马拉雅

只为争抢洪湖的田螺
蚌壳和地盘,当作世界的终极意义

毫不在惜弄脏自己的羽毛
鸟翅。我兀自站立

在这架军用监控仪屏幕上,我
和两只东方白鹳没显出什么不同

蓑羽鹤

雪雾中蓑羽鹤躲在众鸟外边,支起长腿
洗翅膀

蓑羽鹤打开乐谱架,却拒绝加入
合唱团

驾船路过阳柴岛,我在洪湖遇见过它们
终身的一夫一妻,比我更懂爱

这个世界。古铜色的喙
藏有小地方人的嘴脸,属我的

属人类的,因羞涩
怯懦,面孔在黄昏中憋得发黑

补网记

整个晚上那个老人都坐在星空下
补那张网

醺光中我总算学会了这门手艺
去对付世界的线头

汽艇诵

汽艇刺破洪湖。汽艇不过是在贩运
鱼虾,或满载观光客

去同一片风景区。汽艇
却能追着目标飞奔,心怀去途

理想和归宿,仿佛
真理在握。而我整日无所事事

我相信此生将会如此幸福
斜躺在岸上,远眺洪湖和我小时候

在图画本上画下的苍茫
一模一样。感谢汽艇

让我在平原
见识过波澜壮阔的生活

透过逝浪,我几乎看穿
一生的荒诞和虚妄

超级月亮之夜,在湖边遛狗

城外陵园旁
靠洪湖的松树林附近,这条小型萨摩耶犬比我
更理解这个世界,一直趴在水边呼唤那两枚
超级月亮。但我懒得去想明月
与悲欢的关系。从滨湖乡
到新堤镇,我已穿过整整四座村子
只想在墓地边躺下。这不代表我愿为洪湖
献身,替明月
赴死。夜风
绕过那片松树林,送来了宁静
幸福。十来步开外
一头老水牛边反刍,边警惕
我们是否会跨过土埂,践踏那块草地
在洪湖的暗处,大动物
有大心脏,只嚼青草
谈论自己,从不在乎明月夜
松树林

月亮诗

昨夜我下湖汲水
捧着一桶月亮陪母亲

浇菜地。从丝瓜架底下直起腰
有什么东西扎了我两次

一次是这根尖锐的荆竹
一次是母亲蹲在桶边

啜泣。她没哭月亮
在水里圆缺。她又想起那个夏天

过世的独女。我倒空这只桶
朝湖坡走去。我放跑月亮

哎哟,月亮只是月亮
月亮没有母亲,月亮没有妹妹

哎哟,月亮从不悲欢
月亮也无离合。多么美,多么好

日落前过蒋庄村,闻鸭倌呼唤

傍晚时老人走下慢坡
边打响杉木梆子,边呼唤
洪湖。如楚巫持幡
祭祀。古铜色的脸因夕照和
野莲酒而泛红。天黑前
他要从芦苇地里把一千只翘鼻麻鸭
喊进村,却在漫坡上唤出红腹锦鸡
牛背鹭、黑鹳和众神

霜降诗

才下第一场霜
小河村进湖的土路就消失了
除了我愿意走这条牲口踩出的便道
再没有人知晓去洪湖的捷径。一只花翎野鸡
从藕塘里升起,循着我要走的道
却先于我抵达那座码头。我很高兴
才下第一场霜,飞鸟就比人类
更懂一个诗人要干什么

去途诗

桥归桥,路归路,本虚无
从曾家湾去张坊村,借别人的
雅马哈汽艇,我一直在走
自己的路,早已不在乎水道
方位和归宿。几丛芦苇和野荷荡
守着无人的湖面,庇护潜水鸭
黑鹳和叫不出名的鸟儿,却成为
游客的风景,堵住我的去途。
无所谓的。我从不走旅游路线
只会拐进荒僻处,探寻
世界的隐秘。暮秋里,水莲
老得比时间还快,早在夏末
就苟存于洪湖,拿死亡
自救。而迁徙的紫雁落满滩涂
唤着同伴,忙于清洗翅膀
羽毛。薄雾中,我怎么能失去
这些:人性的启蒙
语词的象征和爱?而偶遇的鹭群
都如宿命,把这艘八十马力的汽艇
和我,当作尾浪和消散之物

一路追逐。而那只加速版螺旋桨
怎么看都在重复我的生活，饱受洪湖
困扰，被黄丝草纠缠
如搁浅的湖怪。但我并无悲怆
从曾家湾去张坊村，我一直小心
侍弄这台机器。它是另一个我
花哨又自以为是。而岸
还远在村口，破旧的渔网
浮萍，所有柔软之物
都让我在洪湖遭遇灭顶

故乡诗

进湖。我常常加大十四马力
挂桨机的油门,却不知道要去哪里

我常常认为大水
含悲,在洪湖

有时是哀伤,或者忧愁
让我迷失。但我知道阳柴村

茶坛、曾家湾和张坊,我知道孤岛
如我的慢性病,埋在洪湖

但无论我的想象多么辽阔
语词抵达百里外的县界

我也不能重新命名飞禽
水生植物和那些没有户籍的渔民

我不知道写什么样的诗
送给洪湖,才能穷尽厄运:漂泊

孤独、隐忍。我不知道哪句
汉语不是象征和隐喻，可打船

建村，造水上的故乡。汉语
什么时候不是故乡

打鱼诗

网底串满鹅卵石坠子,松木筏上
三手人分工精准:摇桨
撒网,收绳,才能打鱼。在洪湖
我只写比世界重三倍的诗,拖拽历史
现实和未知

霾——PM2.5 之诗

没谁知道霾为什么落在洪湖。但有人找到
新词 PM2.5，替换了空气。在洪湖
汉语已无力表达这些：虚无，还有
活命的东西。多年前
我只是十来岁的少年郎，在湖北
眺望南岸，就可以望见岳阳楼
矮似村庙，汨罗江细如小溪
多年来我一直与古楚和唐宋为邻
住在世界的外面，见山不是山
看水不是水。活到现在
这把年纪，我怎么可能操心新词
PM2.5 呢。而霾
又落在洪湖，就算我坐在岸边
像个少年，想把爱过的山水
再爱一次。但我已看不见我爱的世界
在哪里。在洪湖，我一直在替古人
担忧空气

咳嗽

夜半赶路没有人可以把持湖上的孤单
碰见有船队过来我总会忍不住咳嗽
一半是因为难受,觉得自己伤风
或患有别的病。这样我便能听见洪湖的动静
在黑暗中,得到世界的呼应

赶在春节上班前,雨雾中
从渔村访友归来所闻

吴家窑的油菜地在第一场春雨里急着

开出了花。我有一张返程票根却不急着

离开洪湖。年底在长途汽车站

我就找那个好看的女售票员

弄了一趟好班次。这些年

唯有在洪湖,诗

才是我的通行证。而雨

这么稠,雾

又这么浓,雨雾

让洪湖在村外,近乎

消失。而这些年

我散淡的生活,让世界

在我的眼里,也早已等于

无。这个春天

我可以找出多重理由

扔掉工作,在黄昏

访友,见想见的人和

事。天快黑时

一只苍鹭沿着我出村的小道

一路赶过来,却钻入油菜花里
叫了好一阵子。隔着雨雾
我不知道它在喊什么

第三辑　洪湖螃蟹的生活史

第四辑

清水堡

多年后在湖上再次驾船

清早下湖
敲开零号柴油桶上的冰
取出引火棉
天冷得打不着 ZIPPO 火机
更别谈预热这条木船的引擎
北风六级。一行白琵鹭
上螺山村,横长江
飞往邻省湖南,将去洞庭湖过冬
我没打算走那么远,像候鸟
离开洪湖。朋友们在对岸敲锣打鼓
替儿女张罗婚事,我一年年老去
老得不像船夫,像诗人
拎不动这杆铁摇柄。我认命
我肯定成不了洪湖的屈原或杜甫
上次,我走这条水道
是一九八九年。左满舵
转进右岸的蒿林,右满舵
拐入左滩的野荷荡。多年来
唯有逆着人类的方向,我才能抵达
要去的地方。现在,该擦洗舵仓

发动引擎,好赶在下雪前靠岸
送去我的祝福。而那一行白琵鹭
早已飞出我的视线。黎明时就离开洪湖

落日诗

> 日落江湖白,潮来天地青。
> ——王维《送邢桂州》

落日难以穷尽。譬如此刻
该怎么描述那枚残阳,从合欢树顶
坠入桃林和灌木丛,又顺着缓坡
滚向那群饮水的村牛,在犄角
挂上暮晚。在洪湖入江口
没有谁能拯救落日

日落江湖,王维留白
仅余大美,却无力描述这枚残阳
在消失之前,从血红被染为暗褐色又被熏黑
成暮晚和暮年。唯有这群牛
四脚着地,在洪湖入江口
饮水,挤在一起谈论世界的重大话题

绕口令:莲

荷花是荷花,莲蓬是莲蓬

都不是莲。在瞿家湾镇的荷花荡

一个人拿五十年植莲的手艺

向我保证,除了荷花

除了莲蓬,在洪湖

没有谁见过莲。直等到暮色

把万亩荷花荡由翠绿染成黑灰色

他才向我提及莲和淤泥的关系。他说荷花

不是莲,莲蓬也不是。都在水里

谁容易啊

洪湖东岸,中秋在官墩码头

洪湖东岸那些从未命名的河汊缠着这条
去官墩码头的土路

混在一辆贩运河虾的皮卡车上
我来到这里。一个叫四儿的朋友
逆着我走的道,贩螃蟹和甲鱼
进城,却在赌场走失
死于厄运

在这里,在两粒骨白色骰子的周围
所有官墩人和我,都像我的朋友
整天围着洪湖,祈祷
诅咒,欢度中秋
洪湖可以忍受这一切,我不能

我不能忍受野渡
横舟。对于官墩村
洪湖,还有这个世界
我已失去耐心,我甚至不能忍受月亮
照常又从码头升起

年过不惑,我仍然抽得出时间
下湖,拿月饼和野莲酒
践约,在月亮落下去的地方与那对老年
丧子的夫妻团聚。而这点礼物
除了我,已没人在乎

在官墩码头,可惜我不能捞起水中月
押上,与村庄赌最后一把

论赌

无风三尺浪。金塘垸的张小武总抱怨洪湖
是一面大赌桌,整年被挤得摇摇
晃晃,连笨头鱼和紫水鸭
也在同洪湖打赌,逃出迷魂阵网
但不见赢家。在金塘垸
张小武已输光这些:一双儿女
老婆,三口精养池子
两条座船。欠下满身烂债
像惊鹭,不知躲在哪里。而金塘垸
从来不缺赌棍,如洪湖从来不缺渔村
就在那片滩涂,几个懵童
抛贝壳当掷骰子,大声叫骂着什么
原谅童言吧。孩子没有赌资
唯有语词。多年前我也曾诅咒过
这个世界:长辈、亲人和洪湖
若论现在我还有哪些可赌物:中年
湖北第一大淡水湖,故乡……
我一一押上,只求和那个叫命运的

宝倌老爷,最后玩一把大的
请赔我一个兄弟
张小武已在洪湖消失

原谅诗

写诗一天,等于白白浪费
二十四个小时。请原谅汉语
在洪湖,无力为潜水鸭和渔民
搭起故居。我有家
没有星月,也能借湖面反光
穿过这条岔路。要是有一条船
趁着夜色轰响十四匹马力柴油机
朝我奔来,天黑后
就有人原谅我白白浪费
一生的光阴和语词

岸:渔民病历

渔民在县人民医院疑难杂症科抱怨
洪湖的岸:头晕
眼花。呕吐……上岸
我就会怀上这个年代所有的病

而回到渔村,在没人知晓的那个
世界,在双底水泥趸上
在永不沉没的渔船里,被风浪
摇晃,我才觉得自己是婴儿
睡在摇篮,被洪湖慢慢摇晃成人

我一直在无人区

每次追着加速版渔船下湖
我都不知道想寻什么。每朵白云
似乎都能建一间托儿所,哺育
自由和天性。每只鸟巢
也可以修一家敬老院,为语词
养老送终。每次拧紧油门,在菹草
白鹳间出没,总像在赶紧逃离
人类,成为自己的孤儿。而螺旋桨
如日子在原地打转,却能渡我
在两种命运间穿行——鸟类
从不乞讨稻粱,也尽享一生的幸福
水藻漂泊,身负丧家之苦
却比我更为忍受这个世界的悲辛
就因为寻找做人的可能,每次
追着加速版渔船下湖,我一直在
无人区

清水堡

都知道清水堡从不长水草,只埋着一座
殷商年代的城。天气好的时候
在湖底,我能望见那些断垣
残廓,挂满游云。几个考古学家
告诉我,清水堡清澈
透明,不生杂草,因为古代的砖瓦
城基,吸纳了洪湖的淤泥。但在清水堡
我从来不相信考古学,只相信历史
相信清水堡住着古人,在替我除草
剔杂,重修那座塌了的城

又上清水堡庙

三月暴雪压垮了清水堡庙
五六只黑鹳
趴在那根檩条的断口处
为争抢一窝白蚁
吵得不可开交。每扑腾一下
都会抖落腐木渣和颓败的东西
我静静地站在黄昏里
思忖,要更换哪种立柱
才能撑起坍塌的一角
我的脸避着风
一队反嘴鹬藏在雪地里
相互叫着,准备离开洪湖
迁往欧洲大陆,去这个星球的背面

写于清水堡庙被改造为度假村之时

太多的重型机械早在开春就渡洪湖
包围了这座庙。清水堡
已是废墟,难于回归孤岛

不为世界所知。照我看
十一月最后一个黄昏,霜打洪湖
也不能打消那台吊车与清水堡庙的紧张

矛盾和焦虑。两个工人
身披晚褛,攀上云梯喷巨幅广告漆
续写的却是战时动员令,如洒血书或

檄文,对着霜天
盟誓,要把那些明末年间的瓦砾
改造为度假村。三台挖掘机

在芦苇与蒿丛间穿插,早已发动
战争。每脚油门都能摧城
拔寨,在庙墙上轰出缺口和裂缝

而那尊镇寺的仿木关公请离码头之后
在冲锋舟上仍然渴望上岸,成为新菩萨
拯救洪湖。诗歌

该如何推倒汉语的殿堂
重塑新神?诗人们大多迷信混圈子
就能完成这种使命。但照我看

十一月最后一个黄昏,才是唯一的正途
霜打洪湖,我一个人
驾着三匹挂机,从城里开始

经付湾村过挖沟子转金湾村,在天黑时
迷失。一只归巢的白鹭
却如指南针

闪闪发亮,一直往前引领我穿越
洪湖,抵达
清水堡。再往前

渣土车大灯如鬼火,在庙外
游荡,照亮残垣

断壁。直至施工警戒线外的霜地上

一堆破损的弥勒佛像拦住去途:若
真可以超度这个世界,来生
我甘愿变做它们。但这个黄昏我更想做

那只白鹭,在大雄宝殿的残廊间
在卤钨灯光底下,在废墟上
一直叫着,没把那些重型机械放在眼里

黎明

天黑后我睡在被拆了多半的大雄宝殿
倚着空出来的神位,听到打桩机后面
那片芦苇荡里,隐约传来
木鱼声。风打残庙,也打响脚手架
空空的钢管。似呜咽
如抽泣,远远地
又像有人绕着这间残庙
彻夜诵经。我以为
那个天黑前就已上岸的老道姑
又回了清水堡。天快亮时
我一个人朝那个地方走去,两只
紫鸳,却从芦苇荡里
刺出来,越过打桩机和脚手架
奔着洪湖,噗噜噜,飞了

第五辑

摇摇晃晃

摇摇晃晃

日落前塔吊拉下长长的黑影
横着清水堡庙的颓墙。霜风中

这个摇摇晃晃的大家伙，就真以为压垮了
那间佛堂。换种角度

拿一尊关公的眼光，打量
虚空，却是一口偃月刀的旧刃

在断檩和残廊间，撑着
某些摇摇晃晃的东西

旧病

孤独
让人心灵手巧。天黑前那个老尼姑

坐在洪湖的反照里,倚靠庙墙边的垛口
补那件发白的僧衣。要是我能拜她

为师,一辈子守着清水堡
写诗,在语词间修行

就像怀着青年时代的残胃炎,尝试野莲
青蒿和自然主义。我也可以在世界

微小的光亮中
穿针引线

缝合那件旧裳,汉语的
旧病

悖论

早该拆了。这些年
在清水堡庙,除了那个
唯一的老尼,就是鹭鸟
黑鹳和芦苇;除了几尊佛像
就是施工队携带卷尺和经纬仪在丈量
苔藓和荒寂。这些年
在清水堡庙,除了住着洪湖
一百万颗人心,而人心是虚无
我从没见过香客,更不用谈与神相遇
而众佛之经我全都读过,却不知道
在说什么。但我知道度假村
老板们的想法,好好的一座庙
荒着,如同一个人
在洪湖鬼混,却不写诗。怪可惜的。

在洪湖湿地核心区,见看船狗抓鱼

神仙难打六月鱼,我只好坐在洪湖
湿地核心区的守护船上掰莲子
边聆听荷叶荡里的虫鸣
混着蒿林中凤头潜鸭的嘎嘎声
应和这只看船狗,在土埂上的暮色里
跳跃,轻吠那团疟蚊。刚刚入夏
孑孓虫贴水,就忙着从青刁鱼口里
逃生,一夜间破蛹成蚊
和小蜻蜓差不多长短。在洪湖
没有一件事不关涉如何挣脱宿命
除了这只看船狗。从我进湖时开始
这只十一岁高龄的狗,眼睛
就一直亮着,羞怯
兴奋,像渔家孩子遇见远客
无法压制自己的幸福,竖起尾巴
总想替我做点什么。我直起腰
直到这只老黄狗游过那一道涧沟
在回流处,与今年最后产卵的银鲫
较起劲来。我发现,洪湖比我出生时
已瘦了很多。但在这片

离人类二十公里远的核心区

在六月,还有一种力量

接近神秘。不然,那只看船狗

不会趁着月色,抓起半尺多长的红鲤

让我享用一顿地道的晚餐

鱼虾绞肉机

你能忍受洪湖吗
你会在早上捕鱼捞虾,晚上摇动
那只单柄把手,把鱼虾
绞成肉浆,喂养
鳖龟和洪湖的兽?这样你就能发现鱼虾
卷进绞肉机前,一直冷眼瞅着
那口双架刀片,如同洪湖
看待世界的方式

狗

在离所有渔村均为二十里水路远的地方
人类之外,在洪湖湿地救治船上
整个晚上我都在研究这只
狗。听我说:狗
七岁,看船人
唯一的伴,蜷在小酒桌下
我与主人的脚旁,有时候像个
乖乖。而一旦我们聊完
二十里水路外的某个女人,停下话
想小啜两口。狗
就会昂起脑袋,咬紧水中的那轮残月
狂吠。但当我们转向仓外
瞅着湖面微光,又谈起人间
悲欢,这只七岁的狗
安静得就像睡婴听见了
摇篮曲。真是邪门——在洪湖
汉语抚慰过一只狗。我命属
此兽

鸟

去年春上有拍客求我做向导进洪湖
无人区,去拍须浮鸥鸟
如何相爱,又怎样爱上芦苇林
菰草和这个世界。也是因为爱吧
还因我对鸟类和另一个世界
完全无知。我随手犯下的罪行
有一桩至今都让我不寒而栗
途经那片浅滩,在芡实上我只
拣走一枚鸟蛋,想带进城去孵出
幼雏。俯下身我还替须浮鸥收拾过
那只鸟窝,就像整理自己的书房
或家居。对我来说,蓝丝草
还有野荷,一样也撑着我的世界
和精神,我绝不容许别人弄触
任何一根细枝,更不屑说
那个拍客。我猜,须浮鸥鸟
应该赞同我对草类的看法。就在
我住手刚要离开时,第一声
呼哨,不知怎么就炸响了。起先
我是一双鸟的死敌。接着是

百来只的。后来,一大团鸟云
哄卷着,就把我打进沼泽
差点被淹死。直到我交出那枚
小东西,仿佛偷儿退还赃物
须浮鸥依旧停在风中怒斥我的
行径。有拍客记下这一幕:
在洪湖,众鸟放过我的同道和
人类,而来自另一个世界的
却决不肯宽饶我

大鸟

大鸟从不聒噪,从不伙同乌鸦或喜鹊落进村子妄言
悲喜,从不为争抢水蜉子
裹腹,与蓑羽鹤
小䴘䴘、水雉、麻鸭或
同类,在芡实与芦荻间理论
整个黄昏。众声
喧哗。大鸟
只是在洪湖清洗
自身。没人可认出那是什么鸟儿

要多少年我才能轻如大鸟不为人知
要多少年我才能爱惜这些:语言,羽毛,翅膀

五行：以天干的方式看鸟

甲：白头鸳之夜

夜未央。隐约的祭鼓
响自旅店外那只刚刚丧偶的白头鸳

在雪雾纠结黄丝草的洪湖。有孤客
独酌，闻小哀歌
当下酒菜

乙：红茶隼之忧

红茶隼的忧虑，是众星和亡祖
在头顶散尽的脚步，是早朝
上班的打卡声

鸟鸣，已写下第一行诗
起于城中悲欢，并非本能

丙：黑鹳之殇

坏天气只会让黑鹳在大湖上挤得更紧，
相互取暖，慰藉。而丫头们
在水边酒吧，也喜欢挽手闲聊
着紧身黑工作服。世界的美
一直都处在糟糕的气象中

丁：鱼鹰之境

性忠贞的鱼鹰，又名关雎

但驯鸟人早已在潜水者的脖颈上
勒紧皮圈，仿佛绞刑

是这样的——诗歌的鼻祖
正被谋杀。自亘古

戊：紫水鸡之冬

整整一个冬。紫水鸡都匿身乱苇丛
在无人区，清洗南半球的泥尘

那些美名和耐心

深藏在人类目光与想象之
外,来自世界的对立面

己:须浮鸥之卵

难以区分的,是这些小人儿

绿色的村庄,深蓝的湖
灰褐色的县城,还有鲜红的心

须浮鸥,在芡实叶上
摆有四道难题——大命运的

庚:大苇莺之秋

别担心这场秋风会刮坏大苇莺的巢
别担心和麻雀差不多的家伙会身陷失家之苦
别担心洪湖隐士如何过夜

随遇而安

我了解世外

辛：栗苇鳽之夏

栗苇鳽叼出小泥鳅。儿时的
身影，掠过湖面

我总算找到了童年
在野荷花间，天空下的早餐

正喂养朝云的梦，及虚无

壬：白鹭之春

一行白鹭飞入银匠铺

波光
老艺人打制盛大的临盆

不是吗？众鹭怀春
出雏。唯洪湖，能接生另一个世界

癸:乌鸫之命

大雾天。乌鸫在湖滩上总是走走停停
不吭一声。如瞎子串乡,去赶一桩
好生意。谁撞上乌鸫
沉默,谁就遭遇了这些:
命运,鬼祟

逃避诗歌朗诵会,上茶坛岛听鸟

我拒绝诗歌朗诵会的喧嚣
我躺在菰草里
这不是说我准备在茶坛岛
赴死,是阵阵鸟鸣
送来真正的喧嚣,让我在洪湖
安魂。以浅滩为背景
灰鹤、紫水鸡、大白鹭和棕背伯劳
从清早一直吵进黄昏,却不知道
在争论什么。天快黑时
一只叫不出名的鸟,拍打
双翅。我抬头
就望见它从芦苇里升起来
离开了同类

在小垸村听鸟

从来没有一只鸟儿能让另一只
安静,也没有一只鸟儿愿意倾听

另一只。在小垸村朝湖的林子里
还有一种鸟儿,濒危

却成为珍禽,比如天鹅
绿头鸭和朱鹮。就像这个世界

谁遭遇绝境,必有谁交上
好运。每到鸟儿

漫过众树之巅,或自洪湖
归来,每一只鸟儿

都比白云高邈
超脱,比风自由

轻盈。在小垸村朝湖的林子里
总有人以为鸟儿仅靠翅膀

就能在天空常驻,建起
另一个世界。但与村为邻

每一只鸟儿都不在乎人的想法
每一只鸟儿都认这片林子为良木

择枝而栖,辜负羽毛和
自己。在小垸村朝湖的林子里

每一只鸟儿都忙于向洪湖
表白,似真理

在握。每一只鸟儿都忙于对世界
抒情,如盛宴

狂欢。从来没有一只鸟儿能让另一只
安静。也没有一只鸟儿愿意倾听

另一只。就算是珍禽

濒危的

就算是哀号
幸存,也值得怀疑

水雉

仲夏时分早就过了众鸟的孵化期,但在洪湖
湿地保护区,一只水雉
却趴在芡实上,捂实那窝鸟蛋
横住了我的去途。整个傍晚
我们就这样默不作声,彼此
对峙,似友
更像死敌。时光
就此倒流,湖面上的空寂
和薄雾,仿佛战争过后的惨景。
我期待着它能快点飞走,好让我
赶在天黑前,打探清楚
七十年前水牢的位置。但水雉
却堵在独木舟前,神态安详
镇定,丝毫不亚于
那些受刑领死的先哲

寻

春光乱眼。去年的那对老鸳鸯
正领着一窝小的,钻进苦草堆觅食
练习发声。我却不知道
钻到哪里,去寻唯一的护鸟人
张圣元。我想,我要是贾岛就好了
那几个小家伙一定会告诉我
它们的师傅,那个老光棍
藏在哪一丛春光里。但我得祝福
春光,把走失的荷叶、苇子和洪湖
一一给寻回来了,祝福众鸟
又添新丁。而洪湖一直在做加法
答案等于春光乱眼,没有我要
寻的。连我刚刚走过的地方
也多出了七八只幼雏。每到嫩喙
仰对暮云,"哦……哦"
叫上一两声,就有母鸳塞过来绿豆鱼
螺蛳和晚餐。语言
可以活命。我想,护鸟人
不会反对我对语词的膜拜和尊崇
要知道张圣元早年是一把捕鸟好手

懂二百六十九种鸟语,才在湿地保护局谋上
这份美差。不用去偷朱鹮
盗东方白鹳……更不用蹲班房
苦度余生。可吃了那么多好东西
张圣元也没能尝到洪湖
最美好的。比如婆娘,比如爱
二十年了吧,这个老光棍
只好把水鸟,当作女人
寻着。春光乱眼
近于无,都不是要
寻的

愧

每次去官墩渔村我总会替孙老四捎带点糖果
或孩子们喜欢吃的零食

每次孙老四都会咧开兔唇盯着我的采访包
朝洪湖傻笑,赞美我是菩萨派来的

其实我知道这个表兄妹开亲后生下的智障儿
是在赞美糖纸——

赞美下凡的仙女,或
插有双翅的小猪

每次孙老四总要把我喊成众神里的某一个
说我不来自城里,来自云端

才捎来好看的姑娘,和
美

每次我却认为这个快二十岁的男青年
是人类中患病的某一个,甚至是

水鬼,来自湖底
另一个世界

猪

多年来我朋友一直都在和洪湖
较劲,想在那座百米浮排上
养出一头猪。在湖心
在不为人知的岗材林子
我朋友早就厌倦了野鸭肉
还有飞禽般的生活,只想养猪
做真正的农民,而不是渔夫
但是那些猪,总会把湖面幽光
以及水中倒立的世界,错认为菜畦
或麦地,还来不及拱翻洪湖
就被淹死了。二十年了吧
我朋友一直都想在浮萍上
或苔藓处,养出一头猪
在洪湖,干一桩不可能完成的事
像某个写诗多年的家伙,试图
用语词去改变什么。可惜
我帮不了他。我又不是
很牛的诗人,能让猪
长出翅膀,像鸟儿一样飞翔

岛

某年某月某个秋日在茶坛岛与江苏帮
喝酒。半酣。第二代头领李少雷
令人开箱,调三弦
抚琵琶,自创苏州评弹
"在这座四面环水的孤岛,江苏帮啊
没有人愿意做我的继任,江苏人啊
已回不到故里阳澄湖……"间或
他会小抿一口女人送上嘴的酒
我的好兄弟,在晚风中
在洪湖人之外,寻欢
作乐,笑起来,却像哭。一生中
他从未向任何事情低过头,即使在
三十二年前的那场械斗中,为鱼草
田螺和食物链底层的东西,一个人
面对五杆排铳,他也敢迎着
枪口,将洪湖土著赶出
茶坛。但这一回,我的好兄弟
看起来好像屈服了这些:酒
或者命运。于是,江苏人
似乎就全都围过来了。从那段

唱词，跑进他的喉咙
胸腔和泪，又从三瓶野莲酒里
蹦了出来……某年某月某个秋日
酒局，像隐喻。有关江苏人
也许还象征着洪湖土著和其他
移民，以及人类的。假如我
将酒席延续，某年某月某个秋日
由于厌倦孤岛，江苏帮
第二代头领，不知怎么用假酒
毒死了自己，我也不会责怪
李少雷。他信仰酒就像我信仰
语词。按他女人的话来说
在洪湖，我的好兄弟
已为阳澄湖献出了灵魂。但我
不清楚灵魂在哪里，只知道
阳澄湖在江苏

田野调查

秋后的庄稼地有人在烧稻梗,草木
已缺席草木。而灰头雁

在霜天里储备稗子,准备从洪湖
迁往澳洲。鸟群将消失在鸟群

在缺席和消失中,只有我循着 X30
乡村公路不生不死,每周一次

回到洪湖。我可以在这片芦苇地与
省城间往返,却无法带着洪湖

上路。我羞于说出这座小镇
是我的出生地,我的双亲

住在那栋楼的六层,年过七旬
却一直活在妹妹

去世的那个夏季,以泪

洗心。我知道

唯有泪,才是真正的故乡
从没消失,永不缺席

第五辑 摇摇晃晃

为一只受伤的白额雁而作

八月雁门开。暮秋时我见过它们在霜天
如何书写人,又如何在洪湖拆洗

那个汉字
洗骨。再次见它

在小暑南洋风里,在茶坛岛上
在一群白鹅和鸭子中,曲项

沉默,退化为
家禽。去秋至夏

最后的冬候鸟北飞也没能带走它
它已放弃翅膀和野性

在露尖的莲花外边,落后那个集体
戊戌年代,整整一个春

但我理解它。活着

忘了自己是雁,忍受

另一世界的痛苦,在洪湖
不为同类所知

第六辑

乡关论

天鹅颂

立冬后,洪湖的护鸟员每天要追随天鹅
打脚环编号,在浅湾处
喂撒玉米和麦粒。他相信
另一个世界也有需要被命名的,或
被拯救的。但天鹅
一直都躲在远处,拒绝
标签。整个冬日
天鹅从没辜负那双宽翅
遂护鸟人所愿,让人类得逞

乡关论

在白枕鹤看来,洪湖是天堂
可越冬,避世

保全自己。这种世界观迷惑了
另一个世界,让天鹅

白眉鸭和青脚鹬,飞越西伯利亚
喜马拉雅,迁至曾家台那一片水域

从秋到春。所有的候鸟,包括
蓑羽鹤这样的迷鸟,朱鹮

那样的旅鸟,都在季风中
盟誓,愿舍身

在出生地与异乡间
飘荡,愿与故土

势不两立。连留居禽也
深信,唯有在故乡

缺席,才能避世
活下去。昨夜雪压芦丛

却让一窝花秧鸡身陷失家之苦
一只老的,一直在坍塌处

扑闪翅膀,在众鸟的天堂徘徊
嘀咕,无处可藏,无路可去

自查报告

入江口拖拽泡沫,能证明洪湖
汇入长江。但站上泄洪闸顶
我不能证明,谁已在江流
登场,或在洪湖
缺席。这世界,多谁
少谁,都不会改变江汉平原。弦月
午夜一点,醒来。自书桌步入荆江大堤
无边的防浪林。若在白天
这些速生白杨和水杉,总被我误认为
坟地。事实的确如此。入江口
拖拽泡沫,在林外的黑地里飘荡
闪耀,像招魂幡纠缠长江和
洪湖。而夜晚无所不知。江流
返照,衬托世界的暗角,我几乎窥见
我为何来到这个世界。不为江湖
泡沫销魂,只寄命书桌上一页
摊开的稿纸。刚刚我死于上一行
诗,却又从这句汉语里活过来

观浪

多年来洪湖一直如此:无论风从哪个方向吹
浪总会朝我扑来

世界的破碎
消逝,我该担责

中秋在洪湖入江口赏月兼观打鱼

夜半时打鱼人还在撒网
搬罾——值此中秋佳节之际

手艺人
愿你捞起水中月

愿我与溺水的汉语
在洪湖入江口早日团聚

分洪区

这样一个事实必须表述：洪湖
这座县级市，只是武汉的分洪区

我们就这样，守着长江
活着，仿佛守着
自己的灵柩

事实的确如此。在我
刚要被怀上的深秋，恰遇
洪湖决口，泄洪。小城
灭顶，绝望
如难产妇

未曾出世
我们已分担世界的不幸

看船

烦了自己,我就去看船
一望见长江,我却又会爱上人世

而踏进这片防浪林,总有船
拉响汽笛,欢呼

我逃离人群,与长江
站在一边。多年来我认为船

在长江的工作,比写诗
更有意义。我从未行至水穷处

遇见云和虚无。只是陪着水杉
速生杨和荒寂,老成

无法命名的树,看船来
船往,从不在乎船来自哪里

奔向何方,仿佛陌生人
而耗尽半生光阴守望

长江,也没有船
愿意捎我离开此地。能去哪里呢

哪一块地都是此地。我只好盘着
压堤石,变成苔藓

地衣,和潮流
裹不走的一部分。这样看船

一到天黑,我就能发现长江的秘密
当夜航灯升起,我看见长江

在暗地里几乎停滞,长江
从没有流向天际。而船

也没有赶往下一个码头
港口和归宿,不过是在水上

泊着点点浮光,拴在
长江的第三条岸

寻人启事

丁酉冬。雪夜中把我父亲
从荆江大堤脚下送进县人民医院急诊科
却不留姓名的人,自洪湖入江口而来
愿你在运砂船或渔舟上修成隐士
不为世界所知。这样我父亲年过七旬
也不敢老去,我父亲欠长江和洪湖一声谢意

铁牛

这些年我一直都在荆江大堤附近,找
明万历年间的铁牛

可我为什么要在水牛遍野的长江中游
找古代的牛,原因至今不详

但我从未见过那头铁牛
只见过一座叫铁牛的小村

而当我怀疑起五百年前的烂铁
不可能变成镇江之物,坐享

一代一代的江水,奔向大海
与虚空的梦

那些将要去虚空的
老人,却会面朝长江

献出三岁的牛头,年过古稀的
双膝,及村庄的黄金

没办法。我要找的牛
已交上好运

它因一条江的伟大
混成了平原的神

钓

整个下午那人都坐在江边
甩着鱼竿

每拉起来一条
却又会被放回去

天黑时那家伙空手
走了

世界
并没有想钓的

拒绝人类

长江万古流,废了
白鳍豚

十多年了。在这艘救助船上
我从没有等来这种兽

我理解白鳍豚。野兽就该拒绝
人类,自生自灭

幻灭

那年冬月,我五岁。

乌林街道最好的裁缝李华阶一家九口,要横渡长江,赶去赤壁乡,赴堂兄家的喜宴。时间的荒谬正在于此。两千年前战争中的敌我双方,两千年后却成了血亲。但他们显然小瞧了长江,竟然扛着一只自制的椿木筏子,就上路了。

后来,离岸百米的时候,旋涡就把他们不知弄到哪儿去了。至今,尸骨不见。

我对此水难事故记忆犹新。也许,还将记忆一生。因为最好的裁缝欠我一件对襟的红底棉袄。

这使得我总把绵绵起伏的波涛,当作无数架老式缝纫机的脚踏板。江水袭岸,有剪刀裁布的帛裂声。三十多年来,我总感觉长江中游的水底,有人在替我赶制那件冬衣。

秋日札记

一

越来越空。像秋日的江面
淘尽了客船、货轮、殉情者和从上游飘下来的腐木
越来越空。像秋夜的洪湖
消弭了冷月、寒霜、渔火和候居滩涂的鸟禽
越来越空。像楔在江湖夹缝处的平原
迁走了村庄、集镇、人类、痛苦和幸福
越来越空,越来越空啊,只有你
扎在我的心里,像一个食毒者的骨缝
扎下了一只小小的蚂蚁,打洞、噬啃、爬行
这难言的痒,难言的疼啊——
只适宜扎下那小小的爱、小小的冷漠和放纵

二

夜晚,唯一配得上我们
赞颂的人,是那个游荡在压堤石上的
女人。这个下岗多年的女工,
比我们懂得更多。比如,她懂生活

是一只未曾命名的禽鸟,得自己
给自己打鸣。再比如,她懂
爱不是高尚和忠贞,而是
堕落和沉沦;她年过四十
罗圈腿,惯穿羽扇厂的工作服
显得与长江中游的夜晚格格不入

三

拴在城外月下的船影是危险的
这个露宿江湖的艺人
总有一天
会在海洋掀起的高潮里
以自我颠覆和毁灭的方式
离世。因为
职业流浪者的使命,不是
给县城带来小麦奶粉和煤以及
地下先知的消息。而是
用自己的碎骨
喂养一头虚无的巨鲸的梦

四

如果开在洪湖的荷花全都长成了向日葵呢
那么,县城不是荷兰
就应是法国。我与植物的关系
类同凡·高和那把剃刀?或者类同
艺术家与一把左轮手枪吗?一旦想到
这两个要命的问题,我总习惯
抹一下咽喉,然后
揪一揪耳朵

五

中年人的脸上长出了青春痘。我的病
难于启齿。我说
羞耻啊,意思是,我早已不知羞耻
我说青春像胎记,无法根除啊
就是说,我不是枯柳,没麻木
不老成世故,我在洪湖
还能分泌县城的激情。临水顾旁
我看见某张厚脸一闪而过
像一只癞蛤蟆跳离了人世。它想着
那只刚刚丧偶的天鹅。它要吃鲜肉

吃整座天空的孤单和凄苦

六

就在昨天,在靠近我右鼻梁的角膜上
长出了息肉。白白的,像一粒白沙子
揉在我的眼中,但无关痛痒,更不影响
我看县城的本来面目。大夫说
它将以每年半粒细沙的速度
迫近我的瞳仁,也就是说
我的右眼终究会成为一片沙漠
那么,左眼呢?我偷偷掐算了一下
得五十年,这片沙漠才会埋掉我的眼睛
埋掉世界留给我的窗户。其实
这没什么大不了的。活到那时
我需要的并不是光明和县城,我只需要
黑暗和休息。大夫还说,患这种病
是因生活里久不流泪,无悲,无喜
这是没办法的事。在洪湖
我早就活到了忍受别人
往我眼中揉沙的份
但我逮不住那些人

七

我有一个秘密——
我爱上了趴在垃圾箱边的疯子。我爱
他与一群苍蝇的窃窃私语,爱他与一匹饿狗
善意地对峙,我爱他听得懂小动物悲惨的命运
薄霜正在降临。我爱他把一打避孕套吹成球形
呵在手上,就像呵着一群不同肤色的弃婴
我爱他裸体上的灰,长发里的虱子,我爱
他背负的故乡和疼。这是秋天的黄昏
冷风阵阵。冷风翻动县城里无用的东西
也翻动我的秘密:我爱他啃咬瓜皮的幸福
不幸的人,轻易就能找到晚餐和甜蜜

八

就在这个黄昏,写作陷进了城外的沼泽
但你的双手,不能替城里人抉择出生
死。把二十万个汉字酿造成制幻剂
也不能拯救人物灭顶的宿命。这些小伎俩
不是生活的所需,不是——
不是降压变压器、电脑、手机、私家车
不是啤酒、鸭脖子、小白菜、粮食

不是棉内衣、休闲装
不是房子和富亲戚。它只是游走在
湖底的晚云和影子,是天空失传的手艺
唉,小说,诗歌……

九

无论如何,我们应该研读历史——
在长江和洪湖的夹缝地带长大
我们不会去问夏禹为什么要把茅苇
命名为荆,让我们知道了什么叫荒野
什么又叫孤寂;我们也不会问楚武王为什么
要在云梦古泽的边缘建一座平原,好方便
我们在世界上进进出出。他们去了哪里
又靠什么成全了名声?但是我们喜欢
在伍子胥的昭关给各自的父亲分配
与动物有关的诨名,在屈原的流放地
摔碎粽子和咸鸭蛋。在洪湖
有多少失败的将军一夜白头,就有多少
落魄的官宦,决绝五月的宫廷
这之后,我们应该跑到乌林
玩曹操放火杀人的游戏,我们是有奸诈和
枭雄气的楚人;但我们更愿在沔东的泽滩上

学习狄仁杰扶犁劝耕。这之中
我们发现战火烧掉了竹简上的皇帝梦
包括陈友谅客死他乡,明太祖
赐我们姓名文泉。我们发现辛亥过后
渔民们才如梦初醒:他们搬起鱼叉和火铳
像围猎禽兽一样围猎过日本兵。到现在
我们可以这样说,栖居洪湖的野生动物锐减
大约与此有关。到现在
我们就成了平原上的新地主
霸占一座县城和一片湖
作为一部作品的双重主题

十

五个晚上了,夜夜爆竹腾空而起。这说明
有人在县城摸黑降生,也可能是,有人
在摸黑离世。而阵阵惊天动地的巨响
加重了我的失眠。万籁俱寂之中
我总会蜷在暗地里,骂一声
这说明
我早就厌倦这人间的幸喜
也厌倦了那往生的悲泣

十一

大隐隐于野。写作
让我过上了禽兽一样的日子
在洪湖湿地。我可能是一只白鹳
可能是黑脸琵鹭,也有可能是五步蝮蛇
是蠢獾……哦,面对自然
我以人言为耻,拒绝书写、表达

十二

关在铁笼里的那群青头麻鸭互相蹲挤在一起
蜷身,咕咕唧唧。直到那个我认识的摊主
掐住其中一只的脖子,拎出笼,又用刀
扎气管。放血。烫开水。然后
"呼"地一下把它扔进电动褪毛机后
余下的鸭子,都没有"嘎"地叫过一声
这是它们最后一次目睹同伙的下场和归宿
这是那只鸭子唯一一次不用翅膀,飞
我注意到,在这只飞禽
抽搐、颤抖的时刻
活着的畜生们,全都睁着眼睛
集体失语。这里是城西集贸市场

是西出城关的必经之路。这里是夹街头
我住在这里,每天碰到的故人有:
关在铁笼里的青头麻鸭
认识的摊主
点喉刀
电动褪毛机,以及堆在街道尽头
大致相同的毛刺
命运

十三

如果你愿意,你可以在最觉无聊的某一天
爬进我的工作室。如果愿意,你可以靠在窗口
睥睨东西走向的长江,以及静止在北边的洪湖。
我的意思是,如果愿意
你可以在最觉无聊的某一刻
发现波澜壮阔和波澜不惊的生活
其实没什么不同

十四

今夜是中秋夜
生命中第三十五轮满月已经显灵。坦白地说

除了你手里那枚裹着冰糖的汉味月饼，我根本
就没储备任何越冬的粮食。这时
我们坐在江滩公园的石椅里。明月浮水
你掰月饼扔进水里，用我的粮食
喂养投江的天人。小甜蜜喂养了大孤独

十五

一群巫师扛着斧头，摸黑赶往
城外的灌木丛声称
要用这些低矮的树雕成一尊
高大的神，治好彻夜不眠者的疾病
另一群，伙同木工
在城内的作坊里应外合：
弹墨、开电动刨床、涂油彩、烘干、包装
却造出了一个鬼。机器轰鸣
一群匠人总算砍光了疯长在失眠者内心的林子
一群匠人总算在城外砍出一片废墟
一群匠人在城里装神弄鬼

十六

我不能动用柔弱，向你描述

这一江来自洞庭湖的秋水。湖南小雨半日
湖北浩渺壮阔。我真不能动用那些小词
向你描述身边发生的小事。对我而言
川水三尺不过一寸尔尔,我不怕
从印度洋滚过来的冷空气引发重庆的山洪
不怕远方发生大事。对我而言
我就怕压着头顶的积雨云,落下
轻描淡写的小雨。所以
对发生在身边的小事
我保持着足够的敬畏:像白蚁噬堤
你的离去像秋天的积雨云,无声无息
这些
足以让我双眼溃口
身陷一片汪洋,灭顶

十七

一个美食家每日六顿,厌倦餐桌和瓷盘子
一个穷人热爱剩菜和饭店打烊的门厅

一个老人抽烟喝酒活过一百,返老还童
一个胖子玩健身十年,散步,却突发心脏病在广场
走失

患孤独症的孩子窝在家里背出了辞海和万年历
醉汉当街撒尿,说不清自己,也说不清要上哪去

——这是电视台播出的湖边采风。午夜已过
一个人对着洗脚盆里的倒影苦笑:洗洗睡。

十八

小镇的价值观让你简直不敢相信
一个月的房租只能买一把垦湖的刀子
回到下游的江城?它会打消
你对那款蕾丝花边内衣的占有欲

但我的本意不是在滩涂上
建设一座农场和动植物的天堂,而是在夹街头
修筑古堡,以便入住你这浪迹江湖的艺人
玩白刀子进又白刀子出的魔术

只有你的出场才能验证我的工作和
小镇的价值。白露为霜
秃鹫和金雕就忙于迁徙,万木凋敝
一半因为惊怵,一半因为那把刀子

而你早就铲掉屋里的鸟粪和残梗。一把刀子
游刃有余,戳穿了江湖的自以为是

十九

大功告成。长篇里的女主角找回了离家的儿子
也决绝了她的丈夫和过去。大功告成
可以大醉,可以在排档里坐定
做一个旁观者,可以择那张靠窗的椅子
与街道相隔十米,看清生活的种种可能
大功告成。你是在打量那个抱着手机砍价的妓女
和劫匪样在护城河堤上横行的公汽,还是在思考
清炖螃蟹之后,能否再上一盘猪碎骨?
这是否是你:在人界活着,却具备动物的兽性
——生活的确有多种可能
那辆公汽可能会把终点设在湖底,那个妓女
还可能是前朝皇室的后裔,而那部作品的男主角
也可能娶上世仇人。当然,那个临桌卖唱的艺人
更可能把一首老掉牙的爱情歌整晚卖唱下去
大功告成。他可能赚取别人的啤酒
也可能赚回我们的泪水

二十

今夜,中游江水已落至警戒线下一尺今夜平安无事,
适宜养精蓄锐
以战明日。今夜适宜喘息、独眠
又是一夜要过去。吵累了的老夫妻
分床而居,却做了同一个梦
天上掉下陨石,只砸中了
地上的蚂蚁。我醒来——
观天相、看月出上弦,听大寂静
那虚空没划过流星,这人界
也没少一声虫吟。而夜涛
却吐出县城的真相:凡我所想与所见之间
必横着一条江,宽阔、幽冥、含混……
说不清自己的痛苦,也说不清幸福

二十一

大洪湖秋旱无雨。我说焦虑
其实是,我的心里烧着城外的荆棘和旧病
恨病吃药。我说疼,其实是,我挤出眼药水
掩饰了临别的悲切和痛苦。某一天
加另一天是时间熬制的偏方,某个人

加一座城,就淤积成了我的绝症。一月嫌短
一天又过于漫长。我说秋阳是失效的药片
心疼医头,脚麻治手,我体验了死亡和重生
而现在,我简直不敢相信——
我加入了好诗人的行列,保持
两天一首诗的速度,设法度过了
这无可救药的秋日

岳阳楼记

蜡像馆外。老师引一群孩子
围洞庭湖教那篇古文

馆内。李白挨着杜甫挨着韩愈挨着欧阳修
也挨着文天祥挨着辛弃疾,挤在课堂边

若有所思。多少年了
宋词比肩唐诗,还聚在岳阳楼做旁听生

在汨罗龙舟厂,见河的第四条岸

关于河,巴西人
若昂·吉马朗埃斯·罗萨已找到
第三条岸,就是用含羞草
打制的那一艘船。至于此岸
彼岸,根本不值一说。而关于河
还有一条岸,从没有人发现
却如怪兽,早已经在汨罗龙舟厂
诞生,耗尽潇湘
古楚,一代代的杉树
香樟和无边落木

过平江杜甫墓

戊戌吉春,新雨。我横长江环洞庭湖
沿京珠高速过平江杜甫墓,不跪
理由有三。第一,我也老了,骨头
硬且易碎,宁折腰
勿屈膝。第二,大年初一
我不容这尘世的烂泥脏了裤管
更不许自己伤害那丛湘妃竹
刚冒出坟的笋。第三,墓
有八九,这个世界处处是杜甫
却不见真身。这些话
站在小田村的杜家祠堂
说给身后的长江或洞庭湖
毫无意义,说给身前的京珠高速
又让人欲言又止。我只好抠出
那本刚上市的诗集,塞进功德箱
就当杜氏第六十代嫡亲,吉春
新雨,续了一把香火

过巩义杜甫故里,雾霾中遇梅

秋风楚竹冷,夜雪巩梅春。
——杜甫《送孟十二仓曹赴东京选》

昨晚自荆楚驱车千里,雾霾
却让我沿高速公路,找不到巩义

难以替杜甫
踏上归途。雾霾

是新词,已重新命名城市
乡村和世界,成为虚无。乙亥

岁首。在诗人的出生地
我只能尝到现代化工味道,还有

死亡气息。看起来故乡是写作的坟墓
汉语唯有在他乡,颠沛

流离,才能保全自己
而在这口土窑前,几点梅花

咬在老墙砖缝,算是扎根
故土吧,斜进雾霾

红着,也算是奇迹吧
看不出半点春意,却活得

惊心。关于植物的隐秘
比如,巩梅与气象的关系

在杜甫故里,雾霾中
遇梅,我怀疑诗

过石壕村

几个放学的孩子在村口围着我说
没什么好找的了
村里没有杜甫
只有一座石碑
刻着一首诗
但谁都认得那一百二十个汉字
谁都能背诵那些祖训
的确没什么好找的了
的确没有杜甫
只有石头
长满豫西峡谷
还在支撑崤函古道和三一〇国道
的路基
要是我能混在几个孩子中间
穿过那片麦地进村
这条被牲口踩出的便道
就不是我的朝圣之旅,是归途

暴雨里过李时珍墓,遇洪水不入

暴雨让我们丢了蕲州城
几乎迷路。而手机导航一直在警告我们
掉头。但暴雨
淹没去途,顺着电子地图和高科技
指引,我们只能趟进死路。后来
逃上长江干堤时,我发现我们戴着口罩
瞅着洪水都已经失语,没有谁去谈论
车载收音机,正在播报全球的新冠疫情
我们找不到一个词,可以关心
这个世界。而暴雨
越来越急,我们只有逃往更高处
自救,就当是去山里寻药。等到暴雨
把整座天空都快要砸下来时,我们
只能让那个人躺在墓地,重修本草纲目
在洪水里煎熬汉语

第七辑

樱花,樱花

过乾坤湾遥望黄河

整个傍晚我都倚在乾坤亭里计数
黄河,在秦晋大峡谷拐了多少道弯

讲解员挂着随身喇叭,一遍又一遍搬弄神话
巨龙和大动物,甚至搬弄异族文字 S

也说不清楚黄河,为什么在北中国
看起来欲走还留又欲说还休。而痛楚

流淌在我爬上黄土高坡的微汗
和粗笨的喘息里

在白塔山顶眺望黄河

山脚。几点银鸥如片片残经
散在晚风中。愿我是鸟儿
找到越冬地。愿我在黄河边
在绝壁,在那间孤塔
放下人生,关心这个世界

对岸。水车园外边
两匹马头挨头颈挨颈挤在河边
晚饮,像密谈某个重大话题
却在防浪林里消失。莫非南滨河路
连古丝绸之路,能重返大唐

我的身边。紫荆树中间
雪地上,三只松鼠相互帮扶
把几颗野榛子推向山顶某处的家
在白塔山,幼兽们
早已修完兰州的自然主义。我回首

一任黄河之水天上来,暮色中
我不担心黄河找不见奔往大海的路

迷路

出门总是迷路。如你所言
在武汉,我的困境非阮籍可比
误入单行线,我不能逃脱监控摄像头
从死胡同折返,在末路处
为穷途哭一场吧。古人有漫游的豁免权
而我只能服膺道次标志,遵从
现代文明。诚如斯言
在武汉,我的困惑也非弗罗斯特能比
内环线连二环、三环和四环,所有的道
几乎是同一条道,没有岔路和歧途
在武汉,所有人都有相同的前程
和命运吧。车载导航说条条道路都通往
我要去的地方,但与众人同行
我却总是迷失目的地。如你所言
在武汉,我不知道去哪里
也无处可去。像某个熟悉的陌生人
走街串巷,不停寻找另一个自己

在积庆里

很多年来积庆里都是汉口的
心病,这片华中最大的慰安所旧址
夹在汉正街与六渡桥商业区中间
却沦为废墟。每回陪朋友
来这里,采访不多的幸存者
如何在积庆里幸存,穿过那条
混杂潲水和马桶味的里巷
我总能闻到地狱的气息。丙申冬
天冷得我直不起腰,我的朋友
担心那位韩国梨花女子大学
一九三八年的新生,扛不住这场奇寒
就从马尼拉开始,绕道新德里
苏门答腊和卡拉奇,飞抵我的城市
要在积庆里,为全球慰安妇里
最后的女知识分子,留存
遗照。而对于人类,我认为知性
与否,都一样。所以我不关心地球
只关心汉口,准确地说,是
积庆里。譬如:那堵矮墙
斑驳,垛口挤满苦楝,比上次来时

又矮了寸许。雪再大点
下场估计和韩国老太太一样
随时倒掉,消失得无踪
无影,仿佛从来就没有在积庆里
出现过;而那些破得几乎散架的日式
木窗上,挂有冰凌,有腐痕,有风
刀子样,划拉着二十世纪
糊上去的报纸,有晾衣绳扯着照明线
如监狱高墙的电网,吓人地
扯着。有几台老式收录机,躲在
生漆门后头,咿咿呀呀,唱着
悲伤的楚剧,仿佛一群少女的冤魂
还被囚禁在积庆里……也算是心病吧
我的朋友,我已计数不清
有网络拍客、摄影师、纪实作家
专栏写手,甚至,有一夜成名的演员
在这片废墟,都已各自完成
伟大的作品。但我却从未见过一个
写诗的,在积庆里
抒情。仿佛阿多诺之于
奥斯维辛,积庆里
之后,汉口繁华
诗人满城,却从来没有

诗。丙申冬
与那位韩国老人相同,一旦风
裹着雪。从巷子尽头
轰隆隆地打过来,就有一队日军
端着三八大盖,轰隆隆
在我耳边踏响进攻的步子

樱花，樱花

一到春天，樱花就如公元一九三八年十月的
日军，强占珞珈山的每个角落

在这所百年学府的文学院办公楼前
在侵略者的司令部

一到春天，请谨记我的诗歌美学——
樱花有多美，人就有多深的罪

在青岛路,向奥登致敬

我来的时候,英国驻汉总领馆的旧址
已改造成一家刚开张的投资公司,奥登
住过四晚的房间,也被修葺为
大户接待室。算是奇迹吧
那口壁炉还在,炉门
虚掩,好像奥登也还在
就蹲在那几根仿木条的火堆旁,烤着
一件羊绒短套,领口
或下摆,还沾着七十八年前
大西洋的腥风和血雨。而现在
在这幢老洋楼里,我想
除了我,再没有谁在乎奥登
和这一桩事。几个经理模样的人
一直盯着我的旅行布袋,忙着
推销,两三款新上市的理财产品
与生活的种种可能。现在
是十一月,天气和奥登到来时
一样糟。冬雨淋着天津路旁那座
废弃的教堂,也淋湿我
怀揣的城市地图和奥登选集

而等到天黑下来，我快要逃出
那扇欧式拱门，几个家伙
还把我堵在一面拉毛墙前，说着
我不关心的事和人。公元一九三八年
暮春。某夜。奥登也被困在
这堵墙的前面，朗诵那组
未完成的作品。我想，奥登
向大人物们朗诵《战争时期》
第十八节，诉说中国士兵
和小人物战死的命运，神态
应该与我完全一样，失魂
落魄，又掖着诗人的怒火和绝望

关于天目山伐木的说明

山中伐木,说明世界需重建
和支撑。又一棵竹倒下
我静观植物在植物里消失
说明循着茶马古道入林
我可以从几个朋友和人类中
缺席。而某棵白茶树
咬定断崖,因孤立
避开斫砍。说明谁绝尘
弃世,谁必保全自身
若论我还有什么弃绝之物
——旅行背包、朋友圈、回程票
我一一退还。而山中伐木
说明此山欠世界
一根嘉木。谁都在辜负那柄利斧

过季子祠衣冠冢,遇雨

幸好,江阴建县还留有季子祠
供我躲雨。站在衣冠冢一边

打量这座城,楼群和别墅
悬在半空,都遭遇倾塌的厄运

但这尊土坟,在雨中
守着,恰巧撑起了那些钢筋水泥

这个世界。而雨
落进地锦草丛,却轻敲

檐下的风铃,季子祠
空空荡荡,仿佛佩剑入鞘

回响千古之音。而雨
洗着冢边的花岗岩护墙

裹着败叶和我不认得的事物
沿着那道排水沟,不知道流向哪里

而雨一直在美德的边界聚集

淹没人类的底线。但我无能为力

在徐霞客故居,与老工人聊天

在这座故居干活快五十年了
一个中午嘘寒问暖
不管我说什么
只应答院里的事
好像我是主人
离家五百多年了
刚刚才归
但想来
我这小半辈子朝碧海
暮苍桐
高铁来去
飞机往返
走的路不长
也算不得短了

过长江村钢管厂,口占

是的,钢管散发金属的光泽
已制造工业文明。据说这意味着颠覆
乡村传统和古老的诗意。但顺江
出海,就能在这个星球的某处
输送石油天然气和现代文明的血液
也能在荒原上打桩,支撑城市
高速公路和这个世界

二十五号螺纹钢

早上,在病理科等两份化验单
几个工人一直都在医院工地

围着一台冷轧机
切钢筋。那种二十五号螺纹钢

有中年男人穿过病房的神色
铁青的脸,掺杂锈迹

我注意到二十五号螺纹钢被送上
冷轧机,没有像我一样挣扎

战栗,没有喊出
想象中的尖叫。在医院

悲伤的人,一直忍着
伤悲,仿佛什么也没发生

直到两份坏透顶的报告传过来,工地上
几个工人好像竖起了更锋利的东西

我想向二十五号螺纹钢
学习。早上

就算父亲躺在重症监护室,妹妹的癌
渗进第二十二节淋巴。无所谓的

就当这个世界从来没有
人类,只有冷轧机和二十五号螺纹钢

在二陆读书台

整个傍晚,一双白鹤
都在林中凄唳,没能唤回

那二位书生,自华亭祖屋前
走失。整个傍晚

这块巨石一直都在忍受鸟鸣
夜露和山风,缺角处

却担不起一针松落,和
时光的灰。而一双白鹤

在小昆山徘徊,如两纸残帖
散在变暗的风中。整个傍晚

没谁知晓这一双鸟儿
栖身哪一片晚云

也没谁读懂
那两道无字天书

在黄姚

牛群走出古镇夜饮,挤在姚江
小珠江与兴宁河的交汇处,好像

商谈重大话题。两棵古榕
隔溪相望,说不出爱

也谈不上恨,与我在别处见过的树
没有什么不同。而星空下

山水显露真容,沉静
内敛,谁都不在乎

谁天下第一。就在两岸燃起红灯笼时
母牛从河边唤回牛犊

站在榕树下,舔着嘴角的水滴和
寒露。一位老人背负柴火

从酒壶山下来,背微驼

吆喝牛群回家,在古镇尽头

消失,却像我小时候在连环画上
读过的神,放牧一群麒麟

过青田石雕博物馆

真好,别人的石头都已开花
比田鱼和稻谷,更像村庄
比好女子,更像妈祖
和美,比我想象中的世界
更像世界。而我的石头
不知道长在哪里。逆着瓯江
进山,我只能遇见流泉
游云和鸟鸣。我的石头不是空寂
就是虚无。就在这座青田石雕博物馆
我已辜负一把乌金刻刀和大师们
传世的手艺。真好
这个世界已拿我毫无办法
再不会有谁能把我怎么着了

这花坡

是山西的,可惜不在湖北
是王陶村的,又可惜不在洪湖。但我爱
这花坡,没有我这么多想法,让野花兀自开着
认异乡为故土,把芬芳、美和寂静
匀给过客、失意者和断肠人。看吧
狼毒、麻花头、龙芽草和韭菜花
都在绝壁处安居。看吧
中国人、美国人、法国人、德国人
都是兄弟姐妹。人类
我爱你和他还有她,就像爱
这坡上的野花。我爱你们在白云下奔跑
在地榆草上小酌,在这花坡胡言乱语
把北柴胡、翠雀花、石竹、漏芦、蓬子莱
统统命名为野花。不像我
揪着一窝拳参与沙参,揣摩种属
来历和去途,总在替这个世界担心

暴雨中过蕲春昭化寺,寻吴承恩遗迹不遇

庚子暴雨淹没蕲春城,却只能在石阶上
撕开青苔,磨亮明代的旧痕
赶到缺齿山南边,我以为昭化寺
会就此坍塌,葬于泥石流
滑坡和尘土。暴雨
百年难遇,却把庙堂
当古村,愈洗
愈新。如此甚好
家家住着菩萨
人人都是神。在正殿躬身
抖落裤管上的水渍时,一个老尼
微垂双目,陪着观音
静得像远处的赤龙湖,边望着暴雨
做功课,边称赞
我是高士,人间折腰
也不亏待双膝。我只好直起身
望着神龛上方的石梁发愣。石缝
裂出断口,却斜着两棵嫩樟。我猜
断口处不光长着森林,也许藏有

我要寻的秘密,比如,一位
纪善官的生活史,或者
那部原稿,如何躲避
年年的暴雨。而雨歇间隙
进来几位香客,谁家的姑娘啊
抱来熟透的西瓜,美过书中
狐仙。但我得走了,上车
奔游船码头而去。命中注定在昭化寺
只能逛半小时,却躲过一场暴雨
而从明代的石阶上跳下来,搂着院门
我才扶稳自己,仿佛那只猴
缺齿山中,暴雨后
才横空出世。如此甚好
昭化寺内,我续写你的西游记
赤龙湖里,你闲翻我的山水诗

过白莲河水库随手帖

我不赞美三角山和白莲河水库。山水
甲天下,不过是我读过的诗,面目
几无二致。我只希望随那艘汽艇
追上云雾和鸟阵
这是从人群和时代出走的方式
是十二月的风中
送来现实的冷峻和清醒
而伴着这台七百五十马力发动机的轰鸣
螺旋桨在我看不见的地方
早已掀起狂澜。有人在欢呼
浪花,但我一直认为这些
新自然主义的碎片,比几只潜水鸭
在浠水、罗田和蕲春三县交会处
弄出的动静,更宏阔,更美

过斗方山禅寺随手帖

去年开过的杜鹃
咬进元朝石板的缝隙
别担心那些花儿
在这个世界走失。冬阳
斜在不远处的白莲河上
却融化斗方山的薄雪
带来积雨云。一只山蜘蛛
赶在起雾前,贴着石柱
在雕花处,缝完最后一针
也缝合另一根立柱上
空无一物的隐秘

比石柱更不可思议的
是那根唐代的石檩
榫卯外露,不见青苔
蕨草和荒寂。仿佛刚刚竣工
要是我能在斗方山小住
在那棵杜鹃旁,向蝈蝈学习
如何与世界交谈,我会打听到盛唐
为何有新气象,从没倒塌

在闻一多纪念馆，过清泉寺遗址随手帖

清泉寺早已在云雾里消失
塑为闻一多纪念馆。在凤栖山
可不可以这样看，汉语就该重建废墟
可不可以这样看，诗人就该在庙宇
安身立命，镇守满山的鸟鸣
落叶和世界的坠落。而循着盘山路
看过去，那尊青铜拟人雕像
与青松比肩，恰巧撑起一朵游云和
那方倾塌的天际。自唐迄今，过此山
此寺者，有李白、杜甫、刘禹锡、
欧阳修、苏东坡、郑板桥等。后继
如我等不绝。而仰视着的
是一对父子朝觐的脸
是结伴的瞻望者，双脚重过那尊
青铜的花岗岩底座。山风拂面
十二月的松林里，却有一九四六年的枪声
就在兰溪旁，几只松鼠
阔步迈过残雪和人群的疾呼
一只老的，巨尾如人类长髯

垂地,领着一队幼崽
头埋进水里。为取那道清泉
过冬,什么也不怕

第七辑 樱花,樱花

岔路

烦了上班,我就会溜到窗口去看建设大道
与解放公园路的交叉道口
倒不是说那几盏红绿灯有多美
而是因为那四条岔路
藏有武汉的悖论。比如
关于灯。在大白天
没有人提灯上路吧,也没有车
不带灯穿城。但在岔路口
每一辆车却比人
更需要那些光的指引。关于灯
昨天午后我就曾经听闻这种悖论
刹车响起,就有人放声大哭……像阮籍
又如弗罗斯特,面对岔路
但在建设大道与解放公园路的交叉道口
关于灯,就算以命
相搏,我也没发现谁已变成武汉的弗罗斯特
或阮籍。所以我祈祷
这座城市不再产生诗人,因为死亡
总让我不忍。我祈祷
这座城市只产诗,恰如这辆双层巴士

对着交通信号灯长号悲鸣，却总能把某个姑娘
送进我的窗户。而窗后的上班守则
管得了我的人，却拴不住我的心
我可能随姑娘们去建设大道
也可能进解放公园路。到底该闯进哪条
岔路，已由不得我把握

内环线

几只乌鸦,靠着内环线
在编辑部窗外的林子里筑巢

我是说,我早已厌倦这种日子
对着 E-mail 或投稿信笺编诗

厌倦汉语,对着虚拟的世界
抒情或叙事

而乌鸦,却热衷于靠着内环线
安下新居

我是说,乌鸦是我的反证
家是诗的悖论

我是说,最理想的工作
是爬上那棵梧桐,与乌鸦一道

在天上,在编辑部外面
完成一部崇高的作品,看人间

沿着内环线,替我
在武汉进进出出

第七辑 樱花,樱花

外环线

我的狗,八岁。出门散步
从不和别人拉帮结伙,从不讨好
大的,不欺负
小的,沿着外环
只知道跑。这是否与我有关
谁知道呢。我的狗
纯种萨摩,出门散步
从不追赶谁,也不被谁追
沿着外环,只知道跑。仿佛
跑是唯一的使命。这是否又与我有关
但愿不是。我的狗,出门散步
就会扔下我,蹲在马路边上
望着斑马线和红绿灯
发愣。这肯定与我无关
与外环有关。就像这条快速通道
守着双向隔离带和交通法规,我的狗
八岁,纯种萨摩,为了跑
也守着两条底线:从不惊扰外环
反之亦然

二环线

车流在二环线忽然乱了,如战争
堵在高架桥上,看到是一群园林工
挤占高速通道,在修剪
中间隔离带。有两个家伙
蹲在月季花丛,敞开黄马甲
像稻草人,视高架桥为
麦田,也没把二环线和高速通道
放在眼里,却藏在这个世界的中心
直到月季被碾成泥,献身
车流,我就不再恨城市
也不怨那群园林工和人类
我只想着这些月季
想了很多天。觉得从那个清晨起
总有什么值得我粉身碎骨